COURS COMPLET

D'ENSEIGNEMENT

MUTUEL.

Tome Ier. — Ire Partie.

LANSKI.

Dᴇ ʟ'ɪᴍᴘʀɪᴍᴇʀɪᴇ ᴅᴇ C.-F. PATRIS.

Déjà plusieurs coups de Baïonnettes l'avaient atteint......

LANSKI,

OU UNE VICTIME

DES TROUBLES D'AVIGNON,

EN 1815;

PAR MADAME VARROT. *née Cabrol*

En vain le Roi dictait des ordres tutélaires :
Vaucluse livra Brune aux fureurs populaires ;
Et des gardiens, veillant et les nuits et les jours
Sur le corps du héros, protégeaient les vautours.

(*Les Délateurs*, par E. DUPATY

TOME PREMIER.

PARIS,

LOCARD et DAVI, Libraires, quai des Augustins, n° 3, près du Pont Saint-Michel.

1820.

LANSKI,

OU

LES TROUBLES D'AVIGNON.

CHAPITRE PREMIER.

La France d'alors. — Inquiétude. —
Voyage.

Le deuil que les événements de 1815 répandirent sur la France, était fait sans doute pour exciter les plus vives alarmes sur l'avenir de la Patrie : l'imprudence de l'ambitieux qui la gouvernait, faisait craindre davantage la violence de l'orage que depuis plusieurs mois il nous prépa-

rait. Il eût peut-être été facile aux
hommes qui avaient déja joué un rôle
honorable dans les beaux jours de la
Révolution, de se réunir dans l'intérêt de l'état en danger, et de con-
traindre Bonoparte et son stupide
sénat, à déposer un pouvoir qui ne
s'èxerçait plus qu'avec les formes
d'un despotisme raffiné. Il était d'autant plus facile aux hommes doués
d'une volonté forte, et connus par
leur dévouement à la cause publique, de prendre cette résolution,
que déjà ils avaient fait l'admiration
de l'Europe, et que leur nom se
présente de lui-même à la pensée.
Dès-lors on les eût pris pour arbi-
tres, on leur eût offert des bras et
du courage. Mais, tout au contraire, la trahison fait frémir l'hom-

me d'honneur, et loin de se montrer lorsqu'il la voit triompher, il ne cherche plus qu'à soustraire sa tête aux regards des factieux qu'une poignée d'or fait agir.

Mes inquiétudes sur les suites des événements étaient extrêmes ; depuis quelque temps ce n'était plus que d'une main tremblante que je rompais l'enveloppe des journaux ; ces feuilles, qui depuis tant d'années n'avaient pas cessé de nous annoncer une victoire par jour, ne nous annonçaient plus que des désastres et des pertes rapides.

Mon nom, mes principes et les emplois que j'avais remplis dans le cours de la révolution, étaient trop connus pour ne pas craindre, si les bruits mystérieux qui circulaient

dans le monde venaient à se con-
firmer. Je me devais à ma famille;
il fallait donc penser à ma sûreté et
quitter la capitale, qui naturellement
devait être le théâtre où se donnerait cette tragédie.

Toutes mes propriétés se trouvaient dans les environs de Nanci:
déjà l'ennemi avait pris possession
d'une partie de l'Alsace ; il n'eût
donc pas été prudent d'exposer ma
famille à se voir arracher son chef
au sein de ses propriétés. Le Midi
jouissait encore de la plus grande
tranquillité : après mille projets aban-
donnés aussitôt que conçus, je me
décidai à me retirer près d'un ami
que j'avais à Avignon.

Ne pouvant amener ma famille
avec moi, je conduisis ma femme

et mes enfants près de ma mère, qui vivait extrêmement retirée dans une terre qu'elle possédait auprès d'Orléans. De retour à Paris, je m'empressai de hâter mon départ, voulant cacher la direction que j'allais prendre. Instruit par l'expérience du peu de confiance que l'on doit avoir sur les gardiens de maisons, dans les fluctuations politiques, je vendis la mienne ainsi que les meubles, et je plaçai mes fonds chez un banquier bien famé. Dix jours après mon retour d'Orléans, une chaise de poste me conduisit sur la route de Provence.

N'ayant pas voulu me présenter à la Préfecture de police pour demander des passeports, j'entrepris un voyage de cent cinquante lieues, sans aucun papier. Je m'exposais sans doute ; mais avec de la prudence on évite bien des écueils. J'étais seul dans ma chaise, et je ne m'arrêtais aux auberges que le tems nécessaire pour prendre ma nourriture et un peu de repos. J'y gardais le plus profond silence, mais je prétais une oreille attentive à tout ce que j'entendais dire relativement aux affaires publiques. Avec quelle douleur je m'aperçus que l'esprit des habitants des provinces se partageait entre huit ou dix partis différents ! Ah, me disais-je, quel sera le résultat de ce peu d'union ? une guerre civile et la perte de la Patrie.

J'arrivai à Lyon sans aucun événement remarquable. Mon premier

soin fut de me rendre dans un café,
afin d'y prendre connaissance des
journaux. Hélas ! que m'apprirent-
ils ? qu'avant peu de jours l'ennemi
se trouverait sous les murs de Paris.
Je ne pus continuer une lecture aussi
affligeante, et j'allais me retirer,
quand une discussion assez vive
entre plusieurs politiques, excita
ma curiosité et m'apprit qu'à Lyon,
comme sur le reste de ma route, les
opinions se heurtaient vivement. Je
rentrai à l'auberge, bien décidé à
quitter cette ville le lendemain de
bonne heure.

Les coches du Rhône et de la
Saône, loin d'être aussi désagréables
que ceux de la Seine, offrent aux
voyageurs toutes les commodités
qu'ils peuvent désirer, et ce fut

cette voiture que la prudence me sug-
géra de prendre.

A quelques lieues de Lyon, ma
mélancolie se trouva un instant sus-
pendue par l'aspect majestueux et
varié des rives du Rhône. Je fus saisi d'admiration à l'aspect des beautés que m'offrait la nature, par ces
riches montagnes du Dauphiné, dont
la hauteur vous surprend, et que
l'industrie des habitants a su fertili-
ser jusqu'à leur sommet. Sur la rive
gauche, une plaine riante, parse-
mée de jolies habitations, vous pro-
cure la plus agréable diversion. Plus
loin, un énorme amas de rochers
vous offre un tableau nouveau ; quel-
ques-uns s'avancent jusque dans le
Rhône, et leurs cimes orgueilleuses
ont l'air de se rire des efforts du fleu-

ve, qui vient briser ses vagues sur leurs bases qu'il ne cesse de miner.

On pourrait faire un volume à décrire les richesses et les beautés qui se présentent à chaque pas, de Lyon à Avignon. Je ne parlerai donc plus que du monument étonnant que l'on rencontre à Pont-Saint-Esprit. Ce pont majestueux, soutenu par trente-deux arches, et d'une architecture parfaite, voit sans s'ébranler, se briser journellement au pied de ses arches, les vagues écumantes du fleuve.

Je viens de le dire, les coches du Rhône sont extrêmement agréables; ils vous offrent des espèces de petits salons, où se trouve quelquefois réunie la meilleure société. Celle où je me trouvais était de ce nombre.

En quittant la ville de Pont-Saint-Esprit , la conversation tomba sur les
rencontres singulières. Un monsieur
qui se trouvait là nous assura que personne n'en avait eu d'aussi étonnan-
tes que lui.

Depuis le commencement du voyage , il s'était fait remarquer par une
conversation agréable , des manières
polies , et beaucoup d'esprit. Trois
dames charmantes le sollicitèrent à
l'envi, pour qu'il aidât à supporter
l'ennui du reste de la route par un
récit qui , fait par lui , ne pouvait
être sans agrément. Le sollicité ne
se fit pas prier long-temps ; chacun
lui prêta la plus grande attention, et
il fit son récit en ces termes :

CHAPITRE II.

Histoire de monsieur Jules.

Je suis né à Paris. — Encore un badaud, dira-t-on. — Les mauvais plaisants ignorent sans doute que le grand Voltaire se glorifiait d'avoir reçu le jour dans cette ville ; n'importe : cette capitale est si fertile en événements burlesques, qu'on aura l'indulgence de me pardonner de n'être pas né à la Cochinchine.

Je dois le jour à un honnête avocat ; c'est presque dire qu'il n'était pas favorisé de la fortune. Mais si cette déesse capricieuse dédaigna de favoriser maître Jules, l'amour prit bien soin de le dédommager : en m'embrassant, il était sûr d'embrasser son fils..... Pardon, mesdames. Je ne dis point cela parce que j'avais en lui un excellent père, mais bien parce que ma mère était l'une des femmes les plus estimables et la meilleure personne que l'on pût connaître. Par une fatalité assez commune, je dois à son extrême bonté de n'avoir pas été meilleur, surtout plus instruit. Le premier désir de mon père, lorsqu'il se vit un héritier, fut de me voir suivre sa carrière ; mais le sort en décida autrement. La légèreté de mon caractère, l'indulgence de ma mère, ne me permirent donc pas de me livrer à l'étude assidue de la pratique.

Mon père, fatigué continuellement
des plaintes que lui portait le voisinage de mes espiégleries, ne cessait
de me faire de graves mercuriales,
qui se terminaient par la triste pré-
diction que je ne serais jamais qu'un
ignorant. L'idée de quelques nouvelles fredaines fermait presque toujours mon oreille à ses sages avis,
que je savais éluder adroitement en
prenant un air contrit et bien chagrin. Ce moyen était infaillible pour
clore la bouche de mon père, et
m'attirer de nouvelles caresses de ma
tendre mère. Quoique avec honte,
j'avouerai qu'à treize ans, je savais
lire à peine. A quinze, ma raison
commençant à se développer, mon
ignorance me fit faire des réflexions
qui n'étaient pas à mon avantage. Du

moins j'étais de bonnefoi avec moi-
même. Déjà il était tard, et le temps
perdu est irréparable. L'oisiveté de
mes premières années, le peu de disposition que j'avais pour l'étude, tout
annonçait que si jamais la fortune
daignait m'honorer d'une faveur, je
la devrais au hasard. Mon caractère
était franc, mes principes étaient
probes, mon cœur bon et sensible;
j'aimais et j'honorais les auteurs de
mes jours : mais tout cela ne me dis-
posait pas davantage à travailler. Je
n'avais donc en perspective que le
métier des armes, ce qui n'était pas
difficile dans un temps où la guerre
était allumée sur tout le continent.
Cette pensée déchirait le cœur de
ma mère, et navrait l'âme de son
époux.

Dans le petit nombre de personnes qui fréquentaient la maison de mes parents, se trouvait une douairière, ancienne protectrice de ma mère. Elle était fort riche, dévote, encore coquette en dépit de ses soixante ans, recevant bonne compagnie, mais n'ayant d'ami que son confesseur.

Madame d'Alban m'avait tenu sur les fonts baptismaux ; mais, moins heureux que l'aimable page qui figure dans Figaro, ma marraine était vieille et laide. Néanmoins elle m'aimait beaucoup, me prodiguait ses soins, et me flattait surtout par une profusion de friandises dont certaines dévotes ne sont jamais dépourvues. Je suis fâché de manquer ainsi à la reconnaissance ; mais j'ai fait vœu de sincérité, et j'avoue à regret que je dois à cette chère marraine une bonne partie de la paresse à laquelle fut livrée mon enfance. C'est donc avec raison que je lui reproche d'avoir trop souvent répété en ma présence : » Quelle heureuse physionomie! elle » lui vaudra un jour sa fortune ». Je ne comprenais pas grand'chose à ces paroles ; mais, plein de confiance dans l'expérience de madame d'Alban, j'augurais la plus belle destinée de ses pronostics.

Depuis trois ans, je ranimais les espérances de mon père en me livrant un peu plus à l'étude. Mais, je viens de le dire, le temps perdu ne se laisse pas reprendre ; et malgré tous mes efforts, je ne fis de progrès que dans la langue française et dans l'écriture, seul fruit que je retirai de mon instruction.

Dès-lors, madame d'Alban devint plus circonspecte à mon égard. Elle remplaça les friandises dont elle m'avait gratifié, par de petits cadeaux qui flattaient mon amour-propre, et qui firent naître en moi le besoin de la coquetterie.

Ma famille vivait très-retirée. Ma mère ne trouvait de plaisirs que dans l'intérieur de son ménage, et mon père ne connaissait point de plus vives jouissances que les spéculations de son cabinet. De mon côté, j'avais rompu toute liaison avec les jeunes gens de mon âge. Les jeux de l'enfance ne me convenaient plus. A l'exception de quelques romans, la lecture m'occupait peu; de-là la mo-

notonie de mon existence : non que
l'on m'empêchât de sortir ; mais
n'ayant pas de connaissances acqui-
ses, je ne pouvais que fréquenter
les lieux publics, fréquentation qui,
dans la capitale , est souvent plus
dangereuse qu'instructive. L'ennui
remplissait presque toutes mes jour-
nées; mon imagination vagabonde me
présentait incessamment une vie plus
agréable, sans m'indiquer les moyens
de l'atteindre ; et je me décidai, ne
voyant pas d'autre ressource pour
sortir de l'apathie où je tombais, qu'à
augmenter le nombre des enfants de
Bellone. Ma résolution prise formel-
lement, rien selon moi n'était plus
facile que de la mettre à exécution ;
mais ce qui ne l'était guère, c'était
d'obtenir le consentement de mes

parents, et je ne vis de possibilité
à les y déterminer que de faire bril-
ler à leurs yeux la considération at-
tachée à la future croix d'honneur,
avec laquelle je devais reparaître près
d'eux.

Pauvre Jules fils! dans quel embarras te trouvais-tu pour annoncer
à monsieur Jules père ta dernière et
ce que tu croyais ton irrévocable résolution?

Le jour, ou plutôt l'heure à laquelle je me sentais assez de courage
pour prier mes parents de me disposer un sac complet, acheter un
sabre et un fusil, sans oublier de garnir
une petite bourse de peau que je m'é-
tais procurée à cet effet; cette heure,
dis-je, était arrivée, lorsque ma marraine entra, tout exprès, je crois,

pour me ravir toutes mes espérances
de gloire, priver la Patrie d'un brave
défenseur, et éviter à ma pauvre mère
la douleur de voir son fils parcourir
une carrière hérissée de dangers.

« Je viens, dit madame d'Alban
à mon père, vous demander ce que
vous espérez faire de ce grand gar-
çon-là ? — Vous n'ignorez pas, ré-
pond mon père, quelles étaient mes
plus chères espérances. Jules m'eût
rendu le plus heureux des hommes ,
s'il se fût appliqué à l'étude du droit:
loin de cela, il n'a cherché qu'à....
— Allons, allons, mon ami, point
de reproches. Ce pauvre enfant n'a-
vait sûrement pas de vocation pour
votre état : nous trouverons peut-être
le moyen de le mettre dans le bon
chemin. Je viens vous prier de me

l'abandonner pendant quelque temps:
j'ai perdu mon homme d'affaires, il
le remplacera jusqu'à nouvel ordre.»

Mon père consentit sans peine à la
demande de madame d'Alban. Témoin de l'entretien qui venait d'avoir
lieu, je ne pouvais exprimer la joie
qu'il me causait. J'allais donc enfin
sortir de l'apathie dans laquelle je
végétais! L'idée de devenir l'homme
d'affaires de la comtesse d'Alban,
me fit abandonner le projet d'aller
mériter la décoration de la légion
d'honneur. D'un autre côté, j'étais
soulagé de l'embarras d'annoncer à
mes bons parents ma volonté de guer-
royer. Ma joie fut au comble quand
j'entendis madame d'Alban manifes-
ter l'intention de m'emmener de suite,
et assurer que je serais traité dans la

maison avec tous les égards que méritait ma famille.

Pour la première fois, je montai
dans la voiture de ma marraine; et ce
début, selon moi, me donna une
grande importance. L'hôtel, que je
connaissais déjà en détail, me parut
beaucoup plus beau ce jour-là. Je ne
pouvais me défendre d'un mouvement d'orgueil.

La comtesse me mit donc en possession de l'appartement qui m'était
destiné, et me prescrivit en peu de
mots ce que j'avais à faire. Puis elle
ajouta : « Je suis disposée, mon cher
enfant, à avoir pour toi toutes les
bontés possibles, et je désire que tu
y répondes. Comme je veux que tu
paraisses avec décence dans ma société, je vais faire venir un tailleur

qui exécutera tes volontés. » En ache-
vant ces mots, elle me passa la main
sous le menton, et sortit.

Ce changement imprévu de fortune
m'avait tellement étourdi, que j'étais
dans l'impossibilité de réfléchir. Tout
mon être était livré à une espèce
d'extase, et cette exclamation, si
naturelle dans un bon jeune homme,
que je suis heureux! était la seule
qui pût s'échapper de mes lèvres.
J'étais encore en proie à cet état singulier d'incertitude que produisent
également la peine et le bonheur,
quand un domestique vint m'annoncer que le dîner était servi. Je me
précipitai vers la salle à manger dans
l'intention de me jeter aux pieds de
ma bienfaitrice, si je la trouvais seule.
Mais il était dit que les contrastes

simultanés m'étaient réservés pour
cette journée. Je trouvai la comtesse
avec le père Laurent, qui porta sur
moi un regard sévère et scrutateur,
regard qui dissipa pour quelques moments l'enthousiasme qui m'animait.
A peine suis-je placé, que le père
Laurent, avec un ton de pédagogue,
me fait plusieurs questions, accom-
pagnées de longues mercuriales. Je
portai à la dérobée un œil curieux
sur ce saint homme, dont je voyais
avec plaisir la mine se dérider à chaque verre de Bourgogne qu'il faisait
disparaître. Aprés l'avoir considéré
de plus près, je ne doutai plus que
ce ne fût un moine. L'hypocrisie a
une marche tortueuse, oblique et
lente : la franchise se montre au grand
jour. Le père Laurent n'était donc

pas mon homme. Il me parut avoir
un empire souverain sur l'esprit de
madame d'Alban, qui affectait en sa
présence un ton que je ne lui connaissais pas encore.

Après le dîner, ma chère marraine
me dit de la laisser, qu'elle avait une
affaire à terminer avec son directeur.

Mes réflexions prirent une teinte
sombre. N'ayant jamais eu l'occasion de me livrer aux ressentiments
de la jalousie, pour la première fois
j'éprouvai ses tristes effets. Plaisante
bizarrerie! je ne pouvais me persua-
der que l'âge, l'état, le rang du père,
lui donnaient infailliblement la pré-
pondérance sur moi, qui débutais
dans le monde; et je ne pouvais pardonner à madame d'Alban de m'avoir
congédié pour garder un moine au-

près d'elle. Long-temps après, je
riais encore de ce dépit enfantin.

A la fin du jour, on me fit appeler
au salon. Je n'étais pas encore revenu
de mon humeur, et je crus punir
madame d'Alban en ne descendant
pas. Mais la curiosité l'emporta. Quoique mes parents ne reçussent que
peu de monde, je n'étais pas étranger
aux usages de la société. Je me pré-
sentai donc dans le cercle réuni chez
la comtesse, non avec assurance,
mais avec cette modestie qui est le
partage d'un jeune homme bien né.

J'attribuai à ce qu'avait pu dire
madame d'Alban avant mon arrivée
le mouvement spontané avec lequel
toute la compagnie porta ses regards
sur moi. Les femmes surtout m'ho-
norèrent d'une curiosité qui m'inti-

mida singulièrement; mais je me remis bientôt à mon aise. Après m'ê-
tre placé, je me trouvai tel que si
j'eusse été un habitué de la société.

Quelques semaines se passèrent
uniformément.Madame d'Alban avait
pour moi une extrême bienveillance.
Je lui pardonnai sans peine, après
quelques sages réflexions, le ton froid
qu'elle me témoignait devant son confesseur, qui m'ennuyait d'une manière toute particulière par ses éter-
nelles et fatigantes leçons. Les personnes qui fréquentaient la maison
de madame d'Alban avaient pour
moi toutes sortes d'égards, qui me
dédommageaient de l'ennui que me
causait le père Laurent.

Pour devenir un homme tout-à-
fait important, il ne me manquait

qu'une intrigue amoureuse. Vous riez?
Eh bien, c'était pour moi la chose du
monde la plus difficile. Aucune des
femmes de la société dans laquelle
j'étais lancé ne me convenait, précisément parce que toutes avaient
l'air de briguer ma conquête. A la
vérité, j'avais peu d'expérience; mais
j'étais difficile sur le choix d'une maîtresse, et les leçons de ma mère occupaient fort mon esprit. Mon fils,
me disait-elle, les principes et le caractère d'un jeune homme se forment
presque toujours à l'école de sa première inclination : c'est pourquoi il
ne saurait trop être scrupuleux dans
le choix d'une maîtresse, parce qu'il
influe nécessairement sur le reste de
sa destinée. Celui qui, en sortant de
l'adolescence, se jète dans les bras

d'une femme inconséquente, ne saurait éviter de tomber de faute en faute.
Une intrigante, une coquette, une
prude, ne sont pas moins dangereu-
ses. Fuis ces créatures, elles te per-
draient sans retour. Celui qui s'attèle
à leur char, n'est point un honnête
homme. Ne deviens pas suborneur
de l'innocence : de tous les vices c'est
le plus horrible ; et les remords qu'il
fait naître sont perpétuels comme la
tache qu'ils impriment sur le front du
coupable. Il est, ô mon fils, un inter-
médiaire où la faiblesse n'est pas sans
vertu : fais en sorte de ne point t'en
écarter, et tu seras heureux dans tes
relations.

Les avis de ma respectable mère
entraient dans mes vues; et je me
sentais tout disposé à filer le parfait

amour avec quelque innocente Agnès.

Un soir que je revenais de chez mes parents à l'hôtel d'Alban, à quelques pas devant moi se présente une déité, dont la vue m'émeut profondément, et qui allait fixer pour quelque temps mon destin amoureux. A l'aspect d'une tournure charmante, d'un joli pied, d'une main divine, le délire s'empara de mon âme. Je voyais de toutes les figurer la plus ravissante, une figure qui portait l'heureux emblème de la pudeur. Ces charmes étaient couronnés par la plus élégante simplicité. L'éclair est moins rapide que la vivacité avec laquelle mes sens furent embrasés. Rien n'est plus facile à un homme expérimenté que d'accoster une femme dans la rue, au risque de ce qui peut en arriver, mais

quel embarras pour un novice! Je
marchais devant, puis derrière, plus
souvent à côté de ma belle inconnue. Je ne me sentais pas le courage
de lui adresser la parole. — Quelques minutes après, elle s'aperçut
que je la suivais. Elle me regarda,
je rougis, et la crainte d'avoir of-
fensé une femme estimable me donna la force de la prier d'être sans
inquiétude, et de croire que la prudence seule m'obligeait à lui servir
d'égide. L'extrême timidité étouf-
fant ma voix, je n'en pus dire davantage. L'inconnue n'eut pas l'air de
m'avoir entendu. Cependant, après
avoir repris haleine, je continuai:
« Comment, si jeune et si belle, pouvez-vous vous exposer ainsi dans les
rues de Paris, surtout à l'heure ac-

tuelle?» J'attendais une réponse; on
ne m'accorda qu'un sourire sédui-
sant, qui acheva de troubler tout-à-
fait ma raison, et me donna la har-
diesse d'ajouter : « De grâce, per-
mettez que je vous conduise jusqu'à
votre porte ; l'idée de vous voir ex-
posée à l'insulte me fait trembler. »
Alors, le son de voix le plus sé-
duisant me répondit : « On n'est jamais exposé lorsque l'image de nos
devoirs nous accompagne. » A peine
elle achevait ce peu de mots, que
nous quittâmes la rue Saint-Denis,
et nous nous dirigeâmes vers le Pont-
au-Change. Quoique cette route fût
opposée à celle que je devais tenir,
la conversation commencée se sou-
tint, et je vis avec un plaisir ineffable
que mon inconnue n'était pas moins

aimable que belle. Elle me dit qu'elle
n'allait pas directement chez elle, et
qu'une affaire importante allait l'ar-
rêter dans la Cité chez l'une de ses
amies. Je lui demandai la permission
de l'attendre pour avoir l'avantage
de la conduire chez elle. Jugez de
mon ivresse, en voyant qu'on n'op-
posait qu'une faible résistance à ce
désir! Tout en discourant sur le oui
et le non, nous arrivâmes au Carré-
Saint-Landri, numéro 3. Une des
belles mains de l'héroïne se porte
sur le marteau de la porte cochère;
je m'empare de l'autre main; mais
trop ému par la possession de ce trésor, je n'ose le porter à mes lèvres.
Le cordon tiré, la porte se referme,
et l'on me laisse plongé dans l'extase.
Confiant et exalté comme on l'est à

dix-sept ans, je n'imaginai pas qu'un mensonge, même ingénieux, était quelquefois sur des lèvres de roses ; et ma brûlante imagination me fit attendre pendant plus de trois heures le retour de celle à qui je croyais devoir une nouvelle vie.

Entièrement absorbé dans le pays des chimères, je ne fus distrait que par l'horloge de la ville qui sonna minuit. Je ne pouvais croire qu'il fût si tard. Pour n'en pas douter, il fallut que la cathédrale rappelât les douze mortels coups. Je ne concevais pas la rapidité avec laquelle trois heures venaient de s'écouler. L'idée que mon inconnue m'avait joué une innocente ruse me tranquillisa. La pudeur, selon moi, l'obligeait à en agir ainsi. Elle n'avait pas d'autres moyens pour mettre un terme à mes importunités, et je l'excusai de bon cœur. Dans la persuasion où j'étais qu'elle habitait cette maison, j'envoyai mille baisers à chacune des fenêtres, afin de ne pas échapper celle qui devait lui appartenir. Ce dernier besoin satisfait, je me rappelai que j'avais une bonne lieue à faire pour gagner l'hôtel d'Alban. Je pressentais avec raison une triste réception. Il ne m'était pas encore arrivé de rentrer après dix heures. Amour, amour! m'écriai-je en considérant mon embarras, que je paie cher tes premières faveurs!

Il était près d'une heure, lorsque le domestique qui m'attendait me dit que sa maîtresse avait recommandé que, n'importât l'heure à laquelle je rentrerais, il fallait m'introduire dans sa chambre. Cette marque d'intérêt me déconcerta. La certitude où j'avais été que la comtesse serait endormie m'avait laissé dans une certaine sécurité, et l'espoir de combiner une excuse tout à mon aise pour le lendemain. Le mensonge est toujours compagnon de l'intrigue. Très-à-propos, j'en forgeai un qui prit assez bien. J'entrai donc, je ne dirai pas trop comment, car j'étais troublé. Madame d'Alban, avant de me parler, commença par porter sur toute ma personne un regard scrutateur, qui ne me prouva que trop depuis qu'elle s'imaginait bien de trouver mes yeux abattus, ma chevelure en désordre, mon linge et mes habits chiffonnés. Chacune de ces cho-

ses était un témoin en faveur de ma
soirée, et leur état dissipa les pré-
ventions de ma marraine. Le froid
que j'avais gagné durant ma faction
contribuait encore à me donner cette
rectitude que n'a pas ordinairement
celui qui vient de sacrifier quelques
heures à la volupté. — D'où venez-
vous, Jules, me dit madame d'Alban d'un ton sévère ? — En sortant
d'ici pour me rendre chez mon père,
je rencontrai un de mes amis qui
m'entraîna au spectacle. — Depuis
long-temps il est fermé. — Il est
vrai, Madame ; mais ayant reconduit
mon ami chez lui, la conversation
nous a fait oublier l'heure. — Un
jeune homme ne doit jamais oublier
ses devoirs, et le vôtre était de me
demander la permission d'aller à la

comédie. J'espère qu'à l'avenir de
pareilles sorties n'arriveront plus.
En disant ces mots, son ton s'adou-
cit, et elle me fit d'autres questions
par lesquelles elle s'imaginait de
m'embarrasser. Je satisfis à toutes
avec une assurance dont je ne me
serais jamais cru capable. La comtesse termina son interrogatoire par
me demander quelle pièce on avait
donné. Fort heureusement dans la
matinée j'avais parcouru les affiches.
Hélas! je ne me doutais guère de
quelle utilité me serait ce coup-
d'œil. Je répondis avec calme que
j'avais vu jouer *le tuteur dupé*. Jamais titre ne se trouva plus applica-
ble aux circonstances. Après avoir
essuyé la plus fatigante remontrance,
madame d'Alban eut l'indulgence de

m'envoyer coucher. Je ne la fis pas
répéter. Cependant, avant de me
mettre au lit, j'eus soin de réparer
le tort que le brouillard avait fait à
mon estomac. Pour en chasser les
vapeurs, je fis souper l'amoureux
comme un jeune homme de dix-sept
ans.

Je ne donnai pas cours à mes réflexions lorsque je fus au lit. L'heure
et la fatigue me livrèrent bientôt au
sommeil le plus appétissant. Le lendemain, ma première pensée fut pour
ma belle inconnue, et ma première
démarche celle de me rendre au Carré-Saint-Landri.

De tout temps, en amour, la nuit
a prêté à l'illusion. Cette maison, qui
la veille, m'avait paru d'assez belle
apparence, au grand jour ne me pa-

rut plus qu'une masure. Quel désen-
chantement! Je n'en fus pas fort surpris. Souvent des personnes *comme
il faut* occupent de jolis apparte-
ments dans des maisons dont l'extérieur répugne, surtout dans la Cité.
Après avoir porté un regard avide
sur toutes les fenêtres, j'eus la douleur de les voir toutes fermées. J'a-
dressai un tendre bonjour à chacune
d'elles, et je désirai vainement voir
s'ouvrir celle de ma friponne. Deux
heures s'écoulèrent encore dans cette
attente; et, fatigué de ma faction,
j'abandonnai tristement le poste, en
me promettant de venir le reprendre
dans la soirée.

Je revis, dans le courant de la journée, madame d'Alban, qui ne me
reparla plus de ce qui s'était passé la

eut. Quelques personnes, qu'elle
avait à dîner, m'évitèrent, par leur
présence, les reproches que je pressentais de la part du père Laurent ;
car je ne doutais pas que la comtesse
ne l'eût instruit de l'escapade.

A la fin du repas, vers les quatre
heures, je repris le chemin de la
Cité. Je retrouvai la maison dans le
calme où je l'avais laissée, et je re-
nouvelai ma promenade sur cette
petite place, si peu fréquentée ordinairement qu'elle est presque déserte.
Je bivouaquais depuis une demi-heu-
re, livré aux plus agréables réflexions, lorsque j'aperçus de loin un
homme que je crus reconnaître. Il se
dirigeait vers moi. Je me convaincs
davantage de ma remarque à mesure
qu'il avance. La tête de Méduse m'au-

rait moins effrayé. Où me cacher ?
Une petite allée, vis-à-vis de la porte
numéro 5, m'offrait un asile protecteur : je m'y précipite ; et l'espoir
de n'avoir pas été aperçu peut seul
modérer le tremblement qui s'est em-
paré de tous mes membres. N'ayant
vu passer personne devant cette allée,
je ne doute pas qu'on n'ait pris la rue à
gauche. Je m'avance légèrement pour
m'en assurer. Figurez-vous ma peine
en voyant mon bourreau entrer précisément dans la maison de l'inconnue. Cette fois, mon courage m'a-
bandonne. Je sors précipitamment
de ma retraite, afin d'échapper à l'indiscrétion des vitres. Hélas ! j'étais
venu sur les ailes de l'espérance, je
m'en retournai par le sentier de la
crainte.

Vous ne vous douteriez pas quel était mon homme ? Le père Laurent, que les démons seuls avaient pu m'envoyer dans cette conjoncture !

Croyant l'avoir toujours à mes trousses, je reprends à la hâte la route de l'hôtel d'Alban. A peine suis-je arrivé, que ma marraine me fait appeler. En me présentant chez elle, le bonheur voulut qu'elle me demandât l'heure, et qu'elle n'eût pas fait attention à ma dernière absence. Après m'avoir donné ses ordres, elle manifesta le désir de m'avoir dans la soirée. Je me serais fort bien passé de cette envie. Mon esprit, troublé pour la seconde fois, avait besoin de solitude, pour donner licence aux réflexions qui m'accablaient. Que pouvait aller faire Laurent dans cette maison ? Connaissait-il mon inconnue ? Après m'être perdu dans une foule de conjectures, je me décidai à prendre, le lendemain, à l'heure où je savais le père Laurent occupé à sa paroisse, les plus scrupuleuses informations sur le compte de celle qui, depuis vingt-quatre heures, troublait ainsi mon repos.

Les habitués de l'hôtel me plaisantèrent beaucoup dans la soirée sur mes distractions. Les femmes du monde sont au fait de la plaisanterie, elles en font bon usage dans l'occasion. Sous le prétexte d'un mal de tête, je demandai et j'obtins la permission de me retirer plus tôt qu'à l'ordinaire.

Vous pensez bien que le lendemain de grand matin, je me rendis

au Carré-Saint-Landri. J'entre dans
la maison, et je demande à une espèce de portier s'il ne pourrait pas
m'indiquer une jeune personne dont
j'avais oublié le nom, et qui, je pensais, était ouvrière en linge. On me
répondit qu'il n'y avait dans toute
la maison que deux blanchisseuses.
Quoique le ton et l'extérieur de ma
belle n'eussent aucun rapport avec
cet état, les contrastes entre les for-
tunes et la mode sont si fréquents
aujourd'hui, que je demandai quel
âge avaient l'une et l'autre. — De
quarante à cinquante ans, dit le portier; mais l'une d'elles a une fille de
vingt ans. — Ce dernier mot fit pal-
piter mon cœur, et je ne doutai
plus que ce ne fût mon enchante-
resse. J'allais hasarder de nouvelles

questions, quand une jeune femme
entra, portant une hottée de linge.
Je cherchai vainement, en la regar-
dant, les jolis traits et les grâces qui
m'avaient séduit. — Tenez, dit le
portier, la voilà justement; c'est la
plus belle et la plus jeune personne
de la maison. Est-ce elle que vous
cherchez? Dis donc, Manon, con-
nais-tu Monsieur? — Une répartie
énergique de Manon me dispensa de
répondre. Comme je me retirais, on
me rappela pour me dire que la personne que je cherchais habitait probablement le second corps de logis.
Cette lueur d'espoir ranime mon
courage, et je vais de nouveau quê-
ter des informations.

En allant vers l'autre portier, je
m'aperçus que le second bâtiment

avait une porte qui donnait dans la
rue opposée à la place, et qui, cor-
respondant à celle par laquelle j'étais
entré, formait un passage. Cette dé-
couverte mit fin à mes incertitudes.
Je vis bien que j'avais été le jouet
d'une innocente espiéglerie ; que
mon aimable inconnue n'avait pas
d'amie dans cette maison; et que l'idée
de se débarrasser de moi lui avait
suggéré cette supercherie. Pour ne
rien avoir à me reprocher, je demandai au portier s'il n'y avait pas dans
ce corps de logis une jeune personne-
ne. — Non, me répondit cet homme
d'un ton bourru ; nous n'avons que
des prêtres de Notre-Dame. — Ce
trait de lumière m'éclaira sur l'entrée
du père Laurent dans cette maison,
et je retournai à l'hôtel d'Alban,

anéanti par l'idée que je ne reverrais jamais celle qui, pour la première fois, avait fait battre mon cœur.

A l'heure du dîner, je vis avec effroi la comtesse restée en tête-à-tête avec son directeur. Nonobstant la crainte qu'on ne lui eût rendu compte de ma longue absence de l'avant - veille, je redoutais encore qu'il ne m'eût aperçu au Carré-Saint-Landri. Je ne me plaçai à table qu'en tremblant. La physionomie de mes deux argus avait quelque chose d'inquiétant pour moi. Le plus morne silence régna entre nous jusqu'à la fin du premier service. Alors, madame d'Alban dit d'un ton piqué : Eh bien, père Lanrent, croyez-vous à ma parole, ou voulez-vous que je vous fasse attester la vérité par Jules

lui-même? — Ce début apostrophant
couvrit mes joues d'un vif incarnat,
et me donna la mesure de ce que
j'avais lieu d'appréhender, qui était
d'être l'objet des graves méditations
auxquelles on était livré depuis le
commencement du repas. Je me promis secrètement de démentir le père
Laurent, s'il osait soutenir de m'a-
voir vu dans la Cité.

— Non, non, dit le moine; évi-
tez-vous cette peine, Madame. J'ai
vu; tout l'enfer serait là, qu'il ne me
dissuaderait pas.

— Mon doux Jésus, répart la
comtesse! quel entêtement! Jules,
à quelle heure vous ai-je fait appeler
hier?

— Quelques minutes avant cinq
heures, Madame.

— Vous l'entendez, mon père.
Vous ne direz sûrement pas que je
m'entends avec lui pour le faire dire
comme moi?

— Je n'y comprends rien, reprit
Laurent. Il avait donc des ailes pour
s'être rendu d'ici en quelques minutes au Carré-Saint-Landri?

— Au Carré-Saint-Landri! Que
voulez-vous dire, répliquai-je avec
vivacité? Je ne connais point ce
Carré.

— A quelle heure, Jules, êtes-
vous descendu au salon?

— Madame, à cinq heures et de-
mie, et je ne l'ai quitté qu'à neuf.

— Voyez, mon cher père, s'il
existe entre lui et moi la plus légère
contradiction.

Cette discussion m'embarrassait un

peu. Je voyais bien que le père Laurent avait pris cinq heures pour quatre, qui venaient de sonner au moment où je l'avais aperçu. Mais ce que je ne pouvais concevoir, c'est que le père fût surpris de m'avoir rencontré dans un quartier éloigné où des affaires pouvaient bien m'avoir appelé. Je craignais que l'adroit moine n'eût connaissance des motifs qui m'avaient entraîné si loin. Je fus au moins étonné de l'entendre dire : Il serait affreux, madame, de soutenir ce jeune homme dans le vice; car vous ne devez pas ignorer que devant Dieu vous en répondriez un jour.

— Qu'entendez-vous, Monsieur, m'écriai-je avec énergie? je n'ai jamais fréquenté de mauvaise société.

— Il serait cruel de chercher à

ternir l'innocence de ce jeune homme, dit madame d'Alban avec une sorte de colère.

— Quelle innocence ! répondit le moine avec ironie ; il allait sûrement en faire emplette dans la maison où je l'ai vu entrer hier à cinq heures.

— De grâce, Monsieur, expliquez-vous plus clairement. Quelle était donc cette maison ?

— Mais, Monsieur, ce n'est pas à moi qu'on en conte. Je connais cette maison, et l'opinion qu'on doit accorder aux créatures qui l'habitent.

L'impatience me prit, et la crainte de manquer de respect à madame d'Alban me fit quitter la salle avec promptitude.

J'imaginai que l'allée où je m'étais réfugié pour éviter d'être vu du père

Laurent était l'issue d'un lieu de libertinage; et la manière avec laquelle il m'avait vu entrer pouvait bien me faire supposer des intentions blâmables. Je regardai comme une faveur de la providence qu'il se fût trompé d'heure, et que le hasard m'eût fait paraître chez madame d'Alban, précisément au moment où il affirmait tant m'avoir vu. Je n'ignorais pas d'ailleurs que, depuis mon entrée chez la comtesse, j'étais un sujet de contrariétés pour cet homme, qui craignait probablement que je ne lui fisse perdre l'empire qu'il avait sur l'esprit de la douairière.

Je me promis bien de mettre tout en usage pour conserver les bonnes grâces de madame d'Alban, et d'éviter autant que possible les piéges

que le moine me tendrait infailliblement.

La manière brusque avec laquelle
j'étais sorti de la salle à manger ne
me permettait pas de me présenter
chez madame d'Alban sans qu'elle
me fît appeler.

Vers six heures, un domestique
vint m'avertir de me rendre dans le
cabinet de sa maîtresse. Je me pré-
sentai avec embarras ; mais l'air de
bonté que je lui trouvai remit mon
esprit dans son assiette.

Je ne doute pas, Jules, me dit-elle,
qu'il n'y ait du malentendu entre le P.
Laurent et vous. La certitude que j'ai
de vous avoir vu à l'heure où il prétend
que vous êtes entré dans une maison
de débauche en est la preuve la plus
convaincante. Ne lui en voulez point

de la part qu'il a prise à ce quipróquo,
puisqu'il n'a que le pur motif de vous
conserver des mœurs. Qu'il ne soit
donc plus question de cette affaire ;
et lorsque vous le reverrez, que le
moindre mouvement d'humeur ne
manifeste pas le mécontentement
qu'il vous a causé. Ne négligez pas
vos devoirs, et vous trouverez toujours en moi la même indulgence.

J'étais trop flatté de cette disposition, pour ne pas consentir à tout
ce que cette chère marraine exigeait.
Mon intérêt se trouvait tellement engagé par la conclusion de son discours, que je résolus de m'observer
sévèrement, pour ne point donner à
mon ennemi l'occasion de me mettre à une nouvelle épreuve.

Lorsque je revis le père Laurent

la première fois, je composai mon
maintien, et je remarquai qu'il ne
dissimulait pas moins. Malgré son
hypocrisie, je vis dans sa contenance
quelque chose de fort équivoque. Il
né me parla plus du Carré-Saint-
Landri; mais quelques épigrammes
décochées adroitement; la satisfaction
qu'il ressentait visiblement de m'a-
voir mortifié, me prouvèrent évi-
demment que la haine de son côté,
du mien la haine et le mépris, nous
aliénaient sans retour. Aussi, m'étais-
je promis de ne rien épargner pour
le débouter dans ses desseins. Mais,
je ne savais pas encore l'avantage et
l'art que mon adversaire savait dé-
ployer à propos dans la lutte de la
zizanie.

Depuis quelques jours, je remar-

quais dans le ton de madame d'Alban, à mon égard, une réserve extrême qui m'alarma. Quand j'étais
parfois encore seul avec elle, quoiqu'elle ne me parlât pas du père Laurent, ses discours me prouvaient assez que cette réserve n'avait pas lieu
dans leurs tête-à-tête. Ma conduite
avait beau être exempte de reproches,
madame d'Alban trouvait toujours
quelque prétexte pour me chagriner.
Ce changement inopiné de sa part
me prouva tout-à-fait que j'avais perdu
ses bontés sans retour, et que tôt ou
tard je serais immolé à la jalousie
de son directeur.

Occupé par les affaires et par toutes ces contrariétés, j'avais perdu
l'espoir de revoir jamais ma charmante inconnue.

Un jour, dans une des belles après-
midi d'automne, madame d'Alban
m'invita à l'accompagner aux Tuileries. Après avoir fait deux ou trois
tours, nous prenons des chaises. Je
promène un regard oisif sur le cercle
brillant qui nous entoure ; ma vue se
porte sur deux femmes placées presque vis-à-vis de nous, et qui me paraissent être la mère et la fille. Je
considère la jeune personne : mon
cœur bat avec violence, je reconnais
la cruelle qui m'a fait morfondre durant trois heures dans la Cité. Dès-
lors mes yeux ne la quittent point,
et je crois pouvoir présumer qu'elle
m'honore à la dérobée de coups-d'œil
qui m'avertissent qu'elle m'a reconnu
aussi. Ma joie et mon embarras sont
extrêmes. Je souhaite de fort bon

cœur madame d'Alban à cent lieues
de moi ; mais le moyen de m'en débarrasser ! Ma très - fatigante compagne n'était pas faite pour inspirer
de la jalousie à mon aimable vis-à-
vis, qui, de son côté, pouvait bien
en dire autant.

La comtesse m'adressa quelques
paroles auxquelles je ne répondis
qu'avec distraction. Elle s'aperçut
sans peine que j'étais moins occupé
d'elle que de la jeune personne.

— Vous la trouvez donc bien belle ?

Cette question me tira de l'extase
où j'étais plongé.

— Ne la trouvez-vous pas de même,
Madame ?

— En fait de beauté, je suis fort
mauvais juge.

Vient un jeune homme d'une tour-

nure charmante , qui s'arrête devant
ces dames , et leur souhaite le bonjour avec une grâce, une amabilité
toutes françaises. Je ne vois pas sans
un dépit amer qu'il vient s'asseoir
précisément sur la chaise placée devant ma belle , mais j'endêvai bien
davantage , en le voyant me la mas-
quer presque entièrement. Cet heureux mortel me pétrifiait, et mon
trouble fut tel que la comtesse me
demanda plusieurs fois, sans que je
l'entendisse, si je ne me trouvais
pas indisposé.

— Non , Madame. Qui pourrait
le faire présumer ?

— L'état où je vous vois. Il faut
que cette jeune personne vous inté-
resse bien ?

— Je ne la connais pas, Madame.

— Jules, vous la connaissez.

— Quel motif pourrait me porter à vous tromper ?

— Je l'ignore ; mais je suis convaincue que vous connaissez cette demoiselle.

Cette embarrassante discussion ne m'avait pas fait perdre de vue mon aimable inconnue. Le trio se leva, et les dames acceptèrent le bras du jeune homme, qui leur proposa de faire encore quelques tours. Les serpents de la jalousie déchiraient mon cœur, et la présence de la douairière ne contribuait pas moins à mon supplice.

Je ne perdais pas non plus de vue l'auteur involontaire de ce martyre. En voyant ma belle passer et repasser devant moi, j'admirais ses

traits, sa tournure perfectionnée par
une demi-parure; je dévorais ses charmes avec avidité, je la trouvais plus
séduisante que lorsque je la vis la première fois. Mais quels maux n'ai-je
pas soufferts de la voir prodiguer à
un autre ces jolis riens qui sont autant de trésors et de faveurs qu'am-
bitionne un amant délicat!

Nous nous étions placés, madame
d'Alban et moi, justement en face
de l'ancienne grille des Feuillants,
de manière que personne n'entrait ni
ne sortait sans que nous le vissions.
Depuis quelques secondes, j'avais
absolument perdu de vue le seul objet qui m'intéressât dans ce moment.
Mon désespoir était violent, mais con-
centré, mes tourments inouïs. J'ac-
cusais madame d'Alban d'en être la

cause ; car, avant mon entrée dans le
jardin, ma passion commençait à s'a-
mortir, et l'image de cette femme
charmante, peut-être déjà trop ai-
mée, se serait insensiblement effa-
cée de ma mémoire. Mais depuis que
le hasard, ou ce qu'on appelle ainsi,
me l'avait fait reconnaître, l'amour
me dévorait tout entier. Comment
espérer encore de la revoir ? Si j'é-
tais assez heureux pour lui parler un
jour, ne pouvait-il pas s'écouler un
temps considérable? Le jeune homme,
il est vrai, ne me paraissait pas fort
libre avec elle, mais s'il l'aimait,
sa passion ne pouvait-elle pas égaler
la mienne? Tous deux libres, beaux,
jeunes, aimables, comment n'aurais-
je pas été alarmé? Si je n'avais pas
la certitude que cet heureux rival

possédât le cœur que j'ambitionnais,
je ne voyais pas moins le reste de
mes jours empoisonné par l'idée qu'il
pourrait être aimé. Une tête de dix-
huit ans raisonne bien drôlement !

Tout en me perdant ainsi dans mes
conjectures, je regarde du côté de
la grille, et je vois l'inconnue quitter la promenade. Je jette un cri, je
supplante mon argus, et dans un instant je suis sur les pas de ma belle.
Aucune de ses paroles ne m'échap-
pe. Elle propose à sa mère de prendre une voiture pour aller à Tivoli :
on l'approuve, et je la suis jusqu'à
la place du Palais-Royal. Là, je les
quitte, et le char roulant avec rapidité, je les perds bientôt de vue.

J'aurai le bonheur de te recevoir,
m'écriai-je ! j'y serai avant toi.

Je cours à toutes jambes; je crois que
l'amour me prête des ailes pour vo-
ler à ce temple de féerie. J'arrive hors
d'haleine, et je demande au distri-
buteur de billets s'il ne vient pas
d'entrer trois personnes que je lui
désigne. « Non, me dit-on; il est
encore de bonne heure; vous ne trouverez au jardin que très-peu de monde. » Je me place en embuscade à
l'entrée de la première cour, et je
passe en revue toutes les personnes
qui viennent. Déjà le jour était tom-
bé, le soir était à son plein, et je
n'avais pas vu les dames que j'épiais:
ou l'on avait changé d'avis, ou l'on
était passé sans que je m'en aper-
çusse. J'entrai dans le jardin pour
inspecter la société qui le peuplait.
On allait tirer le feu d'artifice. Quoi!

déjà dix heures! Alors, je me rappelai madame d'Alban. Qu'aura-t-elle pensé, me dis-je, de ma fuite précipitée? Quelle sera sa résolution? Je ne pourrai plus éviter son courroux, et je suis l'auteur de ma disgrâce.

Je faisais de plus tristes réflexions sur mon aventure, et je me promenais à grands pas dans une allée obscure, moins affligé de ce qui pouvait m'arriver de la part de la comtesse, que de la peine que j'allais causer à mes parents.

Je quitte Tivoli le désespoir dans l'âme, et je m'achemine vers l'hôtel d'Alban. Près d'entrer, la crainte m'arrête. Comment allais-je être reçu? Que pourrais-je dire pour me justifier? Si j'étais parvenu à voiler ma première imprudence , il était bien impossible de sauver les apparences de celle-ci. Etranger à la ruse, et surtout à l'intrigue , je ne vis d'autre ressource que de me jeter aux pieds de madame d'Alban , d'obtenir mon pardon par un aveu sincère.

Ainsi déterminé , j'entre. Minuit venait de sonner. Aucun des domestiques ne me parle : il n'y avait pas d'ordre à transmettre. Je me retirai dans ma chambre, en proie à la crainte et au repentir.

Que n'eussé-je pas donné pour voir la comtesse ! Sachant la confiance qu'elle avait dans sa femme de chambre, je ne doutai pas qu'elle ne l'eût instruite de l'affaire. Je me décidai donc à l'aller trouver, pour savoir du moins à quoi m'en tenir.

Depuis mon entrée dans la maison,
cette bonne fille m'avait témoigné
de l'attachement ; et dans cette circonstance, je crus pouvoir mettre
en elle la majeure partie de mes espérances. Ma visite ne la surprit pas.

—Oh! Monsieur, qu'avez-vous fait
pour irriter ainsi Madame ?

Je lui fis part de tout ce qui s'était
passé depuis notre sortie, et je la
priai de me dire ce que madame d'Alban lui avait confié à cet égard. Jugez
de ma douleur lorsque j'appris qu'elle
était rentrée fort en colère ; qu'avant
de rien communiquer à personne,
elle avait envoyé chercher le père
Laurent ; qu'après être resté plus de
trois heures avec elle, il s'était reti-
ré ; qu'elle avait ensuite appelé sa
femme de chambre pour la mettre au

lit ; et qu'elle lui avait témoigné la résolution de me renvoyer à mes parents. En me disant toutes ces choses, la bonne Cécile avait les larmes aux yeux. Elle ajouta : Vous ne devez pas ignorer , Monsieur , que vous avez près de Madame un ennemi cruel. Depuis votre entrée dans cette maison , je me suis aperçue que vous gêniez beaucoup les vues du père Laurent. Jaloux du mérite , et , par dessus tout , vindicatif, il craint toujours qu'on ne lui ravisse la confiance que Madame a mise en lui. Je l'ai entendu vous calomnier ; et le zèle que Madame mettait à vous défendre excitait la haine qu'il vous porte. Madame n'a pas manqué de le consulter cet après-midi; mais lui seul , je vous assure , a pu la déterminer à ne vous

revoir jamais, à ne pas même recevoir vos excuses. Ne vous rebutez
pas à cause de ce que je viens de vous
dire. Tâchez de lui faire parvenir
votre repentir. Je vous promets de
faire moi-même tout ce qui sera possible pour faire fléchir sa résolution.

Rien de ce que je venais d'entendre
ne m'étonna ; pourtant le récit de
Cécile m'anéantit. Cette excellente
fille me prodiguait les consolations,
et me rassurait sur l'avenir. Rentré
dans ma chambre, j'écrivis à madame
d'Alban une lettre (bien entendu)
fort touchante, que je terminai par
les excuses les plus vives et la pro-
messe la plus instante d'être sage à
l'avenir. Je confiai mon message à
Cécile, et je la priai de le remettre
au lever de sa maîtresse.

Cécile entra chez moi à dix heures. Son air ne m'annonçait rien de bon.

Ah, Monsieur ! ne conservez plus d'espoir ; vous avez perdu les bontés de Madame. Il y a une heure, le père Laurent est entré chez elle, justement comme elle achevait votre lettre : elle la lui a communiquée. Une joie maligne s'est répandue sur la physionomie du père ; et prenant ensuite le ton de l'indignation, il lui faisait à chaque phrase quelque observation méchante, qu'il accompagnait de conseils plus méchants. Enfin, il lui a démontré qu'elle n'avait pas d'autre parti à prendre que d'écrire à vos parents, et de leur dire en peu de mots que votre libertinage lui imposait la loi de vous chasser de sa maison.

Madame voulait objecter quelques
bonnes raisons pour adoucir la du-
reté de ce style ; mais cet homme s'est
emporté, disant qu'elle engageait sa
conscience pour un libertin, qui ne
lui faisait de si belles promesses que
pour mieux la tromper encore ; que
s'il avait été le maître d'agir lors de
votre première escapade, elle n'aurait pas aujourd'hui la douleur d'avoir
été jouée par un polisson, qui, d'après
de pareils débuts, ne pourrait jamais
faire rien de bon. Après beaucoup
d'autres propos semblables, il a fait
consentir Madame à faire tout ce qu'il
désirait. Il l'a déterminée à remettre
à l'un de ses gens la lettre qu'elle
adresse à votre père, et de lui re-
commander de dire qu'il en était char-
gé depuis hier soir, pour qu'elle n'eût

pas l'air d'être en réponse à la vôtre. Ils l'écrivent en ce moment. J'ai profité d'un instant pour venir vous instruire de tout cela; étant bien sûre que vous aurez égard à mon zèle, et que vous ne me compromettrez en rien.

Ce récit me prouva que tant que le maudit moine gouvernerait l'esprit de madame d'Alban, il me serait impossible de recouvrer ses bonnes grâces, et qu'en effet il n'y avait plus rien à espérer. Mais j'avais à redouter de reparaître chez mes parents, qui n'allaient voir en moi qu'un ingrat, d'après la lettre qu'ils allaient recevoir; et la seule image de l'affliction de ma mère suffisait pour me désespérer. Je m'en souviens singulièrement; mon état était voisin du désespoir. Je maudissais l'amour ; je pensais à maudire aussi la femme estimable qui m'abreuvait d'amertume sans le savoir.

Je fus tiré de l'abîme de mes réflexions par un domestique qui m'apporta la lettre dont Cécile m'avait parlé. Après s'être excusé de ne me l'avoir pas remise la veille, il me dit que sa maîtresse lui avait recommandé de la porter de suite à mon père. Cet ordre me mit hors de moi. Non, m'écriai-je avec transport, je n'irai pas flétrir l'âme d'une mère et plonger ce trait dans le cœur de mon malheureux père. Je la remettrai, mais quand le mal sera réparé. Je ne peux davantage, et je ne dois plus rester dans cette maison. M'excuser encore auprès de madame d'Alban,

la tentative serait infructueuse , et je
dois éviter à son directeur le plaisir
d'ajouter l'outrage à la calomnie.....
Mais que faire? Pas un ami qui puisse
m'aider de ses conseils , pas une connaissance auprès de qui je puisse me
retirer ; ajoutez l'impossibilité de me
rendre à la maison paternelle. Quelle
position pour un jeune homme qui
débutait dans le monde , et qui était
victime à la fois de l'amour , de l'envie et de l'imprudence !

Je n'avais pas de temps à perdre
en vaines réflexions. Je pris sur moi
le peu d'argent que je possédais , et
je quittai l'hôtel d'Alban , hélas , pour
n'y rentrer jamais !

Néanmoins , dans le nombre des
personnes qui composaient la société
de la comtesse , j'avais toujours dis-

tingué M. Evrard, citoyen recom-
mandable par son mérite et les places
qu'il avait occupées. Son âge, la bonté de son cœur, ses lumières, lui
avaient acquis mon respect et ma
confiance. Ce fut donc près de lui
que j'allai chercher un abri dans la
tempête.

Arrivé près de M. Evrard, je fais
demander et j'obtiens un entretien
particulier. Il paraît surpris de me
voir; mais il l'est bien davantage lorsqu'avec toute la franchise de l'ingé-
nuité je lui fais part de tout ce qui
s'est passé la veille entre madame
d'Alban, son directeur et moi. Le
reste de mon aventure le fit sourire.
Il m'écoutait avec une bonté toute
paternelle, tout en me faisant remarquer mes torts et mes inconséquen-

ces; et il finit par demander comment il pouvait m'être utile. Je lui fis observer qu'ayant du crédit il lui serait facile de m'obtenir un emploi qui, en m'assurant une existence indépendante, réparerait, aux yeux de ma famille, une partie de mes étourderies. Il me demanda, entre autres choses, s'il me serait indifférent d'aller en province. Tous les lieux, dis-je, me sont égaux; mes parents seuls me retiennent dans la capitale. — Révenez demain dans la matinée, je vous donnerai une solution; car je pense avoir votre affaire. Cet espoir remit un peu de calme dans mes pensées.

Depuis vingt-quatre heures je n'avais rien pris; je ne m'étais pas même couché, ayant employé le reste de la nuit, après avoir quitté Cécile, à écrire à madame d'Alban. Le besoin me fit entrer chez un restaurateur. Après avoir satisfait mon estomac, je fus louer une chambre garnie. Aussitôt je me mis au lit, et bientôt un profond sommeil vint me faire oublier tous mes maux.

Je me rendis le lendemain chez M. Evrard. Jugez de ma joie d'apprendre qu'il avait réussi dans ses démarches! Plus heureux, me dit-il, que je n'osais l'espérer, mon cher Jules, j'ai obtenu pour vous une place de garde-magasin : passez à deux heures au bureau des équipemeuts militaires, et l'on vous délivrera la commission.

Ce digne homme jouissait de mon bonheur. Je ne manquai pas de lui

assurer que ma conduite serait le té-
moignage de ma reconnaissance.

Après avoir pris congé de mon
protecteur, je me rendis au bureau
des équipements, où je reçus ma commission. L'ordre portait que je quit-
terais Paris sous quatre jours, et que
je me rendrais incessamment au quar-
tier-général de l'armée du Rhin sta-
tionné à Strasbourg. Ce bonheur inattendu me ranima tout-à-fait. Sur-le-
champ, je fis part à mes parents de
mon changement de fortune ; je sol-
licitais en même temps le pardon de
mes inconséquences, et je les priais
de m'accorder leur bénédiction. Je
me gardai de parler de la lettre que
j'avais reçue de la comtesse. Je man-
dais, par le même courrier, à la bonne Cécile l'intérêt que M. Evrard

avait pris à mon malheur, l'heureux
résultat de ses démarches, mon prochain départ, et le désir que j'éprouvais de savoir ce qui s'était passé depuis ma sortie. Neuf heures venaient
de sonner : je fis monter un commis-
sionnaire que je chargeai de mes dépêches.

Le lendemain matin à sept heures,
je fus éveillé par quelques coups
frappés légèrement à ma porte. Je
passe à la hâte un pantalon et une
redingote, et j'ouvre. Je jette un
cri, je tombe dans les bras de ma
mère presque privée de connaissance. Après avoir payé le tribut à
la nature, il me fallut entendre les
reproches que je méritais. Mais la
tendresse maternelle sait adoucir des
moments que l'indifférence rend or-

dinairement si cruels. Ma mère m'apprit que la veille madame d'Alban avait envoyé l'un de ses gens pour s'informer si j'étais chez mon père; que le domestique n'ayant pas fait d'autre question, on n'avait point conçu de soupçon, mais que ma lettre avait éclairci le mystère, et causait de vifs chagrins à mon père. — Quant à moi, mon enfant, ajouta cette excellente femme, je ne pourrais pas te rendre ce que j'ai souffert depuis hier. J'attendais le jour avec impatience, et l'idée que j'allais te voir, pour la dernière fois peut-être, redoublait mes peines. — Ma pauvre mère était suffoquée, je pleurais avec elle. — Allons, mon ami, reprend-elle, n'épuise pas mon courage, j'en aurai trop besoin au mo-

ment de notre séparation. Je n'aurais
rempli ma tâche qu'à demi, si je ne
t'annonçais pas le pardon de ton père.
Tu vas quitter cette maison, et venir
près de nous. — Elle achevait à peine
ces mots quand on frappa. J'ouvre,
et je vois Cécile, un peu surprise
de rencontrer ma mère. Elle lui demande avec empressement si elle a
reçu la lettre de madame d'Alban.
Non, dis-je, elle est encore entre
mes mains. — Ce n'est pas, reprit-
elle, celle que madame vous a fait
remettre, mais une autre qui doit
avoir été portée hier dans la soirée.
— Un des gens de madame d'Alban,
dit ma mère, est venu hier au soir,
mais il ne m'a rien remis. — Quel
bonheur, s'écrie Cécile! elle aura
suivi l'intention où je l'ai vue de ne

pas vous faire parvenir les calomnies
du père Laurent, car c'est lui qui les
a dictées à madame. — Cette brave
fille nous rapporta que tout le monde
de la maison avait manifesté à mon
égard le plus vif intérêt ; que le père
Laurent avait seul montré de la satisfaction ; qu'il mettait tout en usage
pour faire partager ses sentiments à
la comtesse, mais qu'elle ne dissimulait pas que sans l'influence de
son directeur, ma grâce n'eût tenu
rien.

Mamère et moi, nous remerciâmes
Cécile de son zèle, et je l'assurai
que particulièrement j'en garderais
un éternel souvenir.

Il me fallut quitter mon hôtel gar-
ni pour retourner à la maison paternelle. Prêt à reparaître devant mon

père, j'éprouvai toutes les angoisses
du remords. Ma mère me rassurait et
me prodiguait les consolations de la
plus tendre sollicitude. A la vue de
l'auteur de mes jours, toutes mes forces m'abandonnèrent. Il oublia sa
sévérité pour n'être qu'indulgent.
Après m'avoir fait de sages remon-
trances, il me demanda comment
j'avais fait pour obtenir un emploi
si promptement. Je lui rendis compte
des bontés de M. Evrard. Il appuya
sur les obligations que j'avais contrac-
tées envers ce galant homme, et voulut le remercier lui - même. Je l'accompagnai dans cette visite. Nous
fûmes aussi bien accueillis que nous
pouvions le désirer. Je communiquai
la commission que j'avais reçue :
M. Evrard en fut très-satisfait, et

m'assura que tant que je serais fi-
dèle à mes devoirs je le retrou-
verais au besoin.

De retour à la maison, j'y trouvai
ma malle qu'un homme de l'hôtel
dAlban venait d'apporter. En la vi-
sitant, j'y trouvai mes livres et tous
les objets à mon usage que j'avais
laissés dans ma chambre. A peine
l'eus-je vidée à moitié que j'aperçus
une bourse de soie verte que je re-
connus pour être celle de la comtesse, et contenant vingt-cinq pièces
d'or. En l'ouvrant, mon cœur fut
serré de douleur. Oh! m'écriai-je,
on n'a pas demandé d'avis pour faire
cette action.

Le jour de mon départ arrive. Je
ne vous ennuierai pas de détails in-
signifiants. Il n'y a personne qui n'ait

été ou le sujet ou le témoin de la
scène pathétique qu'offre le Parisien
qui sort la première fois de la capitale pour entreprendre un voyage.
Au reste, lisez celui de Paris à Saint-
Cloud, publié par un sage obser-
vateur.

J'avais fait l'acquisition d'un bon
cheval pour la route ; et le don de
la comtesse me mettait à même de
faire une certaine figure, de sorte
que tous mes vœux se trouvaient ac-
complis. Mes bons parents me con-
duisirent jusqu'à la barrière. Mon
cœur se brise au souvenir de la scène
touchante qui se passa dans l'instant
de se quitter. Enfin, un dernier adieu
se prononce ; je fais un effort extraordinaire sur moi-même ; je m'arrache
des bras de ma mère, je m'élance

sur mon coursier, je pique des deux, et je ne retourne la tête qu'après avoir passé le village de Pantin. Là, je porte un dernier regard sur ma ville natale, je lui fais mes adieux, et je dépose à ses portes les chagrins que ma légèreté m'avait suscités depuis quelques jours.

Me voilà sur la route. Chacun des objets qui se présente à ma vue excite ma curiosité. Enthousiaste des beautés de la nature, je leur accorde une ample admiration. Je tombais, pour ainsi dire, d'extase en extase. J'arrive à Meaux, où je couche le premier jour. J'en pars le lendemain de bonne heure, et, ne voulant pas fatiguer mon cheval, je borne ma journée à Epernai. Arrivé dans cette ville avant la fin du jour, je la parcours et

vais au café, où je demande de la
bière et les papiers-nouvelles. Je me
place dans un coin où un mauvais
génie m'envoie un individu qui excite la conversation. Présomptueux
comme on l'est à dix-huit ans, je ba-
bille devant l'inconnu avec cette
aisance qu'on acquiert dans la haute
compagnie. — Monsieur est étranger,
me dit-il? — Non, je suis de Paris :
je me rends à Strasbourg avec une
commission du Gouvernement. —
Monsieur est peut-être Représentant
du Peuple? — Cette question me
gonfla d'orgueil, en présumant que
j'avais un air d'importance. Je désa-
busai mon flatteur, mais je me gardai
bien de lui dire que j'étais tout sim-
plement garde-magasin. Cet homme
me fit encore plusieurs questions, et

capta si bien ma confiance que je com-
mis des indiscrétions. Il feignit de me
payer de retour, en disant qu'il était
comme moi passager à Epernai, qu'il
se rendait à Metz pour affaires de
commerce, et qu'il se trouverait trop
heureux si je voulais bien lui permet-
tre de faire route avec moi, parce
qu'il connaissait parfaitement le chemin, qu'il pourrait me le faire abré-
ger en pratiquant des sentiers détour-
nés, etc. M'ayant demandé le nom de
mon auberge, il m'offrit à souper :
après un combat d'honnêteté, il fut
convenu qu'il accepterait le mien.
Nous prîmes des liqueurs, et nous
quittâmes le café pour nous rendre à
mon auberge. Mon premier soin fut
d'aller voir si mon cheval avait son
nécessaire. L'inconnu me suivit, loua

beaucoup la beauté de l'animal, se récria sur le prix qu'il devait coûter, et me dit avec une franchise feinte : Il s'en faut de beaucoup que le mien soit aussi beau, mais j'ai peine à croire que le vôtre soit aussi bon. — Après une discussion sur des sujets du même genre, nous passâmes dans la salle, où je fis servir un souper capable de récompenser toutes les flatteries dont mon compagnon m'avait gratifié. A la fin du repas, nous arrêtâmes l'heure à laquelle nous nous trouverions à la porte de la ville, et nous nous séparâmes avec la bienveillance de deux vieux amis.

A l'heure marquée pour le départ, je me trouvai au rendez-vous, où mon compagnon de voyage m'attendait. Je fus un peu surpris de lui voir

pour monture une vieille rosse des-
séchée, qui, sans la double ration
qu'on avait eu soin de lui donner le
matin, n'aurait jamais pu conduire
son cavalier jusqu'à la sortie de la
ville. N'ayant pu lui dissimuler mon
étonnement de le voir si mal équipé :
Ah, ah, dit-il, voilà ce que c'est
d'avoir un beau cheval ; tous les autres nous paraissent horribles. Eh
bien, toute laide que vous semble
ma jument, je ne la changerais pas
pour votre cheval. Je ne répondis
rien, et je me contentai de penser à
éviter toute espèce de débats à ce
sujet. Nous cheminâmes près de deux
lieues en causant de choses indiffé-
rentes. Pendant ce trajet, la belle
Rossinante avait assez bien suivi
mon Alfane au trot, quand mon adroit

compagnon fit retomber insensiblement la conversation sur nos montu-
res, et prit occasion de me faire remarquer la bonté de sa bête. — Ah!
monsieur, me dit-il avec une espèce
d'enthousiasme; je voudrais que vous
jugiez par vous-même de la douceur
de son pas. Sans pouvoir dire comment
ment il s'y prit, il m'insinua de me
faire enjamber sa pitoyable jument; et
moi, benin, je l'engageai d'essayer
mon cheval. A peine suis-je placé
sur la rosse, que mon camarade,
ayant opéré l'échange, pique des
deux, et se sauve à toute bride. In-
digné de ce procédé, oubliant que
je suis monté sur une haridelle, je
veux le suivre; mais avant d'avoir
pu prendre le galop, j'avais déjà
perdu de vue le voleur. A peine

monBucéphale éreinté avait-il pris
l'élan, qu'il fléchit, tombe et me
terrasse par sa chute. Étourdi par
la colère, je me relève écumant de
rage, et je m'aperçois que je suis
blessé grièvement au bras droit. Ce
surcroît de malheur m'arrache un
torrent de larmes. J'essayai en vain
de relever la pauvre jument : elle
expira peu de temps après sa catas-
trophe. J'ouvre le porte-manteau :
hélas! il était rempli de foin. Suc-
combant au désespoir, je tombe sur
la route privé de connaissance. Quand
la douleur me réveilla, je trouvai
deux paysans à mes côtés. Ces bonnes gens me prodiguèrent des secours
dont j'avais grand besoin, m'offrirent
leurs services, et m'emmenèrent au
village d'Arcy. Là, je consulte un

chirurgien, qui me déclare que j'ai
le bras démis, que je serai quinze
jours à guérir, que de quelque temps
je ne pourrai me remettre en route,
et encore sans avoir la faculté de
supporter ni la voiture ni le cheval.

Etant au lit, au lieu de prendre du
repos, j'examinai la singularité de
mon aventure. Je perdais un cheval
de cinq cents francs, une valise éva-
luée à six cents, une selle de prix
et une paire de pistolets ; mon bras
démis, l'interruption de mon voyage:
tout cela était bien fait pour désespérer le pauvre Parisien.

Heureusement qu'il me restait une
ressource, dont je n'avais point fait
part à mon renard. Mon père m'avait
donné huit cents francs en or, que
ma mère avait cousus dans une cein-

ture placée entre la peau et la che-
mise. Je me promis bien d'être plus
prudent à l'avenir , surtout de ne
plus m'adjoindre de compagnon de
voyage.

Après huit jours de station au bourg
d'Arcy, je fus en état de poursuivre
ma route. J'allai jusqu'à Châlons, où
je m'arrêtai quelques jours. Mon bras
se trouvant guéri , je pris la voiture
publique , qui me conduisit directement à Strasbourg, terme momen-
tané de mon voyage. Là, j'écrivis à mes
parents, à qui je fis une histoire,
n'ayant pas l'envie de leur faire part
des causes du retard de ma lettre.

Je fus le lendemain à l'administra-
tion des fourrages, où l'on me mit de
suite en activité. Ne connaissant pas
cette partie, mes officieux camarades

me mirent bientôt au fait, et m'apprirent que ma place était beaucoup plus avantageuse que je ne l'avais imaginé ; que dans fort peu de temps j'aurais réparé les pertes que j'avais faites. Prévenu contre les intrigants et les filous, je me méfiais de tout le monde. A l'exception de ces camarades, je ne formai pas de liaisons; j'évitais avec soin les engagements de parties où l'on cherchait à m'entraîner. J'économisais sévèrement sur mes appointements et mes bénéfices, afin d'amasser assez de fonds pour devenir fournisseur.

Je passai deux années à Strasbourg, autant heureux que je pouvais l'être. Je recevais fréquemment des nouvelles de mes parents, à qui j'envoyais régulièrement le fruit de mes épargnes, m'en remettant à mon père du soin de le faire valoir avec sûreté.

J'étais assez sage pour ne pas perdre de vue l'expérience que m'avait donnée mon début amoureux. Je ne formai donc, pendant mon séjour à Strasbourg, que des liaisons insignifiantes, aucune femme ne pouvant affaiblir ni distraire les sentiments que mon aimable inconnue avait fait naître. Elle était presque incessamment le sujet de mes réflexions; mais la distance qui nous séparait, la certitude de ne la revoir jamais, donnaient à mes idées une teinte mélancolique, qui du moins me faisait présumer sans trouble la félicité de celui qui la posséderait ou qui déjà la possédait.

Je n'étais pas encore sorti du chef-

lieu du département du Bas-Rhin,
quand je reçus de mon père une lettre qu'il terminait ainsi :

　« Il me reste à t'annoncer une nou-
» velle qui va renouveler de tristes
» souvenirs. Il y a dix jours que la
» comtesse d'Alban a terminé sa car-
» rière. Toujours bonne et géné-
» reuse, elle fit appeler ta mère à
» ses derniers moments. Après l'a-
» voir assurée qu'elle emportait au
» tombeau l'image de leur douce et
» longue amitié, elle lui déclara que
» depuis long-temps elle avait oublié
» tes étourderies, oubli dont elle
» donnait pour garant le don qu'elle
» te faisait d'une somme de dix mille
» francs une fois payée, et qui me
» serait comptée à l'ouverture de son
» testament. La comtesse lui fit part

» ensuite de ce qu'elle avait fait en
» faveur de sa femme de chambre.
» Vous connaissez, a-t-elle dit, toute
» l'étendue de l'attachement de cette
» bonne fille pour moi : Je l'ai éle-
» vée, et depuis vingt-trois ans elle
» ne m'a pas quittée. Je veux la ré-
» compenser de son zèle, en lui as-
» surant un sort indépendant. Je lui
» donne huit cents francs de rente,
» ma garde-robe et sa chambre.
» Quant à vous, mon amie, j'espère
» que vous ne me refuserez pas ce
» gage de notre amitié : il sera entre
» vos mains le prix et l'expression
» de mes sentiments. En disant ainsi,
» la comtesse lui présente une boîte
» d'or enrichie de son portrait. Ta
» mère fondait en larmes. Elle vit sa
» protectrice arriver aux portes du

» tombeau, mais avec le calme et la
» présence d'esprit d'une angélique
» résignation. Le père Laurent entra
» dans ce moment solennel; ta mère
» voulut se retirer, mais la malade
» lui fit signe d'approcher de son lit.
» Le moine ne put dissimuler l'hu-
» meur que lui causait la visite de ma
» femme. Depuis le jour où la com-
» tesse ne put plus sortir de son lit,
» il s'était érigé en maître dans la
» maison : tout n'allait plus que par
» ses ordres; mais dans cette cir-
» constance il n'eut aucune influen-
» ce. Ta mère prit la main de ma-
» dame d'Alban, la couvrit de pleurs
» et de baisers. La mourante rassem-
» bla le peu de forces qui lui restaient,
» pour redire à son amie, qu'après
» t'avoir pardonné, sa dernière peu-

» sée était que toutes les bénédic-
» tions du ciel se répandissent sur
» toi........ A peine eut-elle achevé
» ces mots qu'elle expira. Que cet
» exemple te fasse travailler toute
» ta vie, ô mon fils, à mériter une
» fin aussi sublime! Elle est la récom-
» pense du sage.

» Cette digne femme n'étant plus,
» le père Laurent fit peser son auto-
» rité despotique sur chacune des
» personnes de la maison. Aux funé-
» railles, il usa de ses droits avec
» toute l'impudence d'un homme
» vain, faux et suffisant. Les der-
» niers devoirs ont été rendus à ma-
» dame d'Alban avec toute la pompe
» que ses vertus, son rang et sa for-
» tune méritaient.

» Pour adoucir les regrets de ta

» mère, dont je partage la douleur,
» je lui proposai d'engager Cécile à
» venir demeurer avec nous. Cécile
» accepta ma proposition avec recon-
» naissance, et nous aurons la con-
» solation de la posséder aussitôt que
» les affaires de la maison d'Alban
» seront arrangées. »

La lecture de cette partie de la lettre
de mon père m'affecta profondément.
Les procédés généreux de ma marraine me firent prendre de nouveau
les plus sages résolutions, auxquelles
je pense avoir rarement dérogé.

La petite fortune dont je me voyais
possesseur me mettait à même de
travailler à mon avancement. — Connaissant à fond la partie dans laquelle
le bon M. Evrard m'avait placé, je ne
tardai pas à me mettre sur les rang des

fournisseurs. Je priai donc mon père
de me renvoyer mon argent. Je me
composai une maison de deux domestiques, d'une voiture et de quelques
chevaux. C'est ainsi que je sortis de
mon obscurité.

Les triomphes journaliers de nos
armées me mirent à même de connaître bien du pays, et j'avais soin
de retirer des fruits utiles de mes
voyages. Pour cela, je fuyais le fra-
cas des quartiers-généraux. Toujours,
dans mes loisirs, on était sûr de me
trouver sous le chaume du paysan.
Ce genre de vie me valait quelquefois la raillerie de ceux qui, ayant
parcouru le matin des campagnes dé-
solées par les horreurs de la guerre,
venaient le soir s'étourdir au bal ou
dans les cercles sur les malheurs dont

l'affligeant tableau attristait à peine
leurs yeux.

Je le dis avec orgueil : quoique
dans la voie de faire une fortune bril-
lante, je n'écoutai que ma conscience
dans le cours de mes spéculations,
et je préférai toujours une aisance
loyalement acquise à cette opulence
qu'accusent les besoins du soldat.

Depuis plus de quatre ans j'étais à
l'armée du Rhin, lorsque je reçus des
ordres pour passer à celle d'Italie.
Ce changement me causa une extrême satisfaction. Il m'obligeait de venir à Paris, où j'avais besoin d'épan-
cher les sentiments dont mon cœur
était plein ; mais n'ayant que peu de
temps pour me rendre à ma nouvelle
destination, je vendis mes chevaux
et je pris la poste.

Il me serait impossible de donner une idée de ma réception : elle se pressent et ne s'exprime pas. Après avoir satisfait aux besoins de la tendresse et de la piété , je fus me reposer. Je ne pouvais demeurer à Paris que trois jours. Pour ne pas priver ma famille du plaisir que lui procurait mon passage, je ne m'absentai de la maison que le temps d'aller prendre les ordres du Gouvernement, et de présenter mes hommages à M. Evrard, qui me reçut à bras ouverts. Je l'invitai à dîner pour le lendemain, flatté de le posséder quelques instants au sein de ma famille.

Les heures de la jouissance s'écoulent rapidement. Je vis donc bientôt le terme du temps que j'avais à rester à Paris. Vint le moment de la

nouvelle séparation, qui coûta encore
des larmes à ma mère. Comblé des
bénédictions de tous ceux qui m'é-
taient chers, sans oublier ma bonne
Cécile, que je récompensai de ce
qu'elle avait fait pour moi, je pris la
route d'Italie au mois de mai. J'arrivai au quartier du général Brune,
pour être témoin des nombreux succès de nos armées. Depuis dix mois
je parcourais le paradis de l'Europe,
lorsqu'une heureuse circonstance me
fit prendre part à une affaire importante. Vingt-quatre ans, du courage
et une ambition raisonnable, me firent rendre à la Patrie un service
majeur. Mon action fut annoncée au
général en chef, qui me décerna la
décoration que j'ai l'honneur de porter, et qui me fit installer en même

temps dans la place de receveur général des octrois à Lyon. Tant de
bonheur inattendu m'enivra sans m'a-
veugler. Cette décoration , but de
mes premiers désirs, cette décoration avec laquelle j'avais promis ,
jeune encore, de reparaître devant
mes parents, je la possédais enfin !
Après avoir pris quelques jours de
repos à Milan , je partis pour ma
nouvelle destination , et j'arrivai à
Lyon sans accident.

Ma place m'obligeant à suivre un
genre de vie tout différent de celui
que je menais à l'armée , je pris un
hôtel dans le quartier Belcour. Je re-
montai ma maison et j'organisai mes
bureaux. Je fus d'abord désiré dans
la bonne société , puis vu avec des
yeux de convoitise par les filles et

les veuves à marier. Les billets d'invitation pleuvaient à ma porte ; mais la simplicité de mes goûts me portait à éviter le bruit et les rassemblements auxquels je préférais d'autres plaisirs. Je ne tardai pas à passer pour un misantrope, et les dames ne ménagèrent pas les moyens de me guérir de ce qu'elles appelaient une insipide maladie.

Depuis dix-huit mois j'éprouvais plus que jamais le besoin de revoir mes chers parents. Je pris un congé de quinze jours pour assurer un avenir heureux aux auteurs de ma vie ; et c'est pour eux que j'achetai la maison que j'habite, où j'eus la satisfaction de les établir avec Cécile. De retour à Lyon, j'y fis la connaissance du plus brave et du plus aimable des

musulmans. Mes relations avec lui
ont été la source d'une partie des
plaisirs purs que j'ai goûtés depuis
lors ; et son estime et ses vertus m'ont
souvent consolé de l'absence de ma
famille.

Toutes mes connaissances, Kadi
lui-même, paraissaient surpris que
je ne cherchasse point à former un
établissement qui, en consolidant mon
bonheur, m'eût distingué davantage
dans la société. Sans trop savoir pourquoi, j'éludais toutes les propositions
de mariage qu'on me faisait. Quoique je fusse à la vérité touché par
les grâces des femmes aimables que
je fréquentais, j'étais étonné moi-
même de mon indifférence pour elles.

Lyon et Bordeaux sont les seules
villes de nos départements qui pos-

sèdent les meilleurs spectacles. J'avais loué une loge à la Comédie, et j'y allais fort souvent. Un jour, en sortant de dîner chez madame de Rivière, j'engage la mère et la fille à venir voir une pièce nouvelle, et ces dames acceptent chacune un bras. Nous arrivons un peu tard. La salle était remplie. J'occupais, avec ces dames, le devant de la loge où un officier de ma connaissance et Kadi étaient placés derrière nous. On en était à peine à la moitié de la première pièce, quand nous observons que de la loge vis-à-vis on transporte une jeune dame qui se trouvait incommodée. Kadi part et revient me dire que la dame avait besoin d'être reconduite chez elle; que son évanouissement pouvait durer encore

long-temps ; et que , ne trouvant pas
de voiture publique sur la place , il
me demandait la permission de prendre la mienne. Je le priai à mon tour
d'en disposer et de la renvoyer quand
il le jugerait à propos.

La maison Rivière étant celle de
la ville que je fréquentais le plus , il
n'est pas inutile de connaître les per-
sonnages qui la composaient.

M. de Rivière avait amassé dans le
négoce une fortune considérable. Re-
tiré depuis quelques années , il jouissait du fruit de ses spéculations. Un
heureux naturel , des mœurs douces ,
de l'amabilité, de l'esprit , lui avaient
valu quelques amis vrais. Il recevait
la bonne société.

'Son épouse avait été fort belle.
Toute sa vie esclave des plaisirs , elle

n'était pas encore d'avis d'y renon-
cer de long-temps. Elle avait conser-
vé quelques restes de beauté. Malgré
ses cinquante-trois ans, elle faisait
encore le charme de la bonne compagnie.

Sa fille passait à son tour pour une
des belles personnes de Lyon. Vingt-
deux ans, des grâces, des talents,
une éducation soignée, lui donnaient
un rang dans le monde. Malheureu-
sement, mademoiselle de Rivière ne
réunissait pas à ces dehors brillants
un caractère aimable. Vaine des pré-
rogatives dont la nature et la fortune
l'avaient favorisée, elle oubliait trop
souvent que la douceur et la modestie sont les premiers apanages de son
sexe.

On avait essayé de m'inspirer du

goût pour cette jeune personne. Séduit d'abord par l'apparence, je re-
connus bientôt en l'étudiant qu'elle
ne me convenait pas du tout. J'avais
besoin d'une compagne, d'une amie,
et je pouvais me passer d'un joli
meuble. M. de Rivière m'ayant proposé la main de sa fille, je l'en re-
merciai, en objectant que je n'étais
pas disposé à me marier du vivant
de mon père. Sur une réponse aussi
positive, on rouvrit aux aspirants la
porte qui leur avait été fermée depuis qu'on avait conçu en ma faveur
un projet d'établissement.

Depuis lors, quinze mois s'étaient
écoulés, et mademoiselle de Rivière
était encore fille. Cependant, depuis
quelque temps, le fils d'un riche fa-
bricant de Lyon s'était avancé dans

la lice des soupirants, et tout portait
à croire que ce mariage se ferait incessamment. Les choses en étaient
là le jour où j'accompagnai madame
et mademoiselle de Rivière à la
comédie.

A la fin de la seconde pièce, un
de mes amis entra dans ma loge, et
me dit que l'on donnerait le lendemain *Misantropie et Repentir*,
drame en cinq actes, en prose, tra-
duction nouvelle. — Oh! bien sûr,
j'y assisterai, s'écrie madame de
Rivière : les journaux ont trop pré-
conisé cette pièce pour ne pas faire
partie de la foule qui entendra sa re-
présentation. — J'offris ma loge à ces
dames, qui acceptèrent avec joie.

Le lendemain, dans la matinée, je
reçus un billet d'invitation à dîner de

la part de M. de Rivière, auprès de
qui je me rendis à l'heure indiquée.
Je ne trouvai que la famille et le pré-
tendant. Le vieillard me dit avec une
franchise amicale : Quoique vous
n'ayez pas invité toute la famille, je
vous préviens que Monsieur (le gen-
dre futur) et moi, nous ne quitte-
rons pas ces dames ; nous vous ac-
compagnerons partout où vous les
conduirez. — On plaisanta un peu les
futurs époux ; et à six heures nous
montâmes tous cinq en voiture pour
nous rendre au spectacle. La salle
était déjà tellement remplie, que
beaucoup de personnes ne purent
entrer.

La pièce fut jouée à ravir, et obtint
un succès complet. Le dernier acte
fit répandre un déluge de larmes. Le

touchant repentir d'Eulalie méritait
bien cette douce récompense. Madame de Rivière était profondément
émue. Sa fille montrait de temps en
temps des mouvements d'impatience,
qui n'échappaient point à son futur
Au moment où Eulalie, échevelée et
noyée dans les pleurs, se précipite
aux pieds de son mari pour lui avouer
sa faute et solliciter sa grâce, mademoiselle de Rivière s'écria : Grand
dieu! une femme peut-elle s'humilier ainsi ! — Cette exclamation me
surprit moins qu'elle ne m'affligea.
Je me félicitai cent fois de n'avoir
pas accepté la proposition du père
de cette fille. Après la représenta-
tion, nous laissâmes écouler la foule.
Nous fimes (à l'exception de la jeune
personne) l'apologie du drame. Ma-

demoiselle de Rivière prit la parole
et dit : Je ne sais pas comment on
peut trouver tant de mérite dans l'action d'une femme qui s'oublie à un
pareil point. — Mais, dis-je, cette
femme était mère et coupable. —
Tout ce que vous voudrez, reprit
l'insensible; mais ce que je sais bien,
c'est que je ne pourrais jamais me
décider à en faire autant.

La salle étant presque vidée, nous
sortîmes. Ayant gagné ma voiture,
le jeune homme nous laissa monter.
Il tendit la main à M. de Rivière, et
souhaita le bonsoir aux dames. On
lui demanda pourquoi il ne montait
pas. Non, dit-il au père; je vous
prie de recevoir mon dernier adieu.
Une femme coupable qui ne saurait
pas se repentir n'est pas digne d'ê-

tre ma compagne. — Il dit et nous
quitta, nous laissant tous quatre interdits. Nous arrivâmes à la porte de
M. de Rivière, sans avoir rompu le
silence.

Peu de jours après cette scène, je
me promenais avec Kadi sur le quai
du Rhône. Deux femmes passent près
de nous. Kadi s'arrête, leur souhaite
le bonjour, et s'informe de la santé
de l'une d'elles. Elles ne sont pas
pour moi tout-à-fait étrangères : Je
les regarde avec émotion, mais je ne
puis me souvenir comment je les
connais. La plus jeune de ces dames
pâlit, mon cœur bat avec violence.
Quel trait de lumière ! c'est mon aimable inconnue du Carré-Saint-Landri!!! Mes forces sont près de m'a-
bandonner. Je saisis le bras de mon

ami; la jeune dame, prête à tomber
en défaillance, s'appuie sur le sein
de sa mère; et nos deux témoins,
interdits de notre *hélas* mutuel, nous
placent sur des chaises. Ils se regar-
dent, et ne peuvent s'imaginer la cause
de cette émotion simultanée. Reve-
nus à nous, nous nous apercevons de
la surprise que nous produisons, et
nous affectons une contenance assurée. — Je ne me serais pas douté,
me dit Kadi, que vous connussiez
les dames de Plancy. — De Plancy
est leur nom, lui demandai-je,
craignant de n'avoir pas bien entendu? — Mais, dit la mère, je n'ai jamais eu l'avantage de voir monsieur;
Adèle, peut-être, est plus avancée
que moi. — La charmante Adèle
voulait parler, elle ne pouvait que

balbutier. Ayant repris l'usage de
mes sens, je demandai à la mère de
cette demoiselle la faveur (qu'elle
m'accorda) d'un entretien particulier pour le soir même. Ivre de joie,
de crainte et d'espérance, je pris
congé de ces dames, et je me retirai
à l'écart avec mon ami.

Je bénissais le sort, je rendais grâce
à l'amitié ; ce jour me semblait le
plus beau de ma vie. Le trouble de
la belle Adèle m'avait dévoilé des
sentiments que je n'avais osé espérer
de faire naître.

Je m'informai à Kadi de quelle manière il avait fait la connaissance de
ces dames. Parbleu, me dit-il, c'est
la plus jeune qui avait besoin de votre
voiture pendant le spectacle, il y a
quelques jours ! — Quoi, c'était-

elle ?. — Oui, elle - même. Mais, dites-moi, je vous prie, comment pouvez-vous y prendre un si vif intérêt, ne paraissant pas la connaître? — Dans quelques jours, je vous expliquerai ce mystère. A votre tour, dites-moi, que font-elles ici? Dans quelle position les avez-vous trouvées ? — Elles occupent, près la place des Terreaux, une très-jolie maison, où tout annonce l'opulence. — Vous êtes - vous aperçu que la jeune personne fût mariée ? — Non ; cette fois que j'ai été assez heureux pour être utile à ces dames, je ne suis resté que très-peu de temps chez elles ; j'y fus depuis renouveler ma visite, et je n'ai toujours vu que la mère et la fille, qui toutes deux m'ont semblé fort aimables. La plus

jeune paraît jouir d'une mauvaise
santé. — En effet, ses traits sont
toujours les mêmes ; mais la fraîcheur et l'incarnat qui les embellis-
saient, il y a quelques années, ont
entièrement disparu.

Sept heures venaient de sonner.
Kadi me conduisit jusqu'à la porte
de madame de Plancy. Un domestique m'introduisit dans un salon élé-
gamment décoré, où la maîtresse de
la maison vint quelques instants après.
Je m'excusai sur la scène du matin,
et je la priai d'avoir l'indulgence de
m'entendre. Elle me répondit avec
toute la bienveillance que je pouvais
désirer. Après nous être placés, je
lui racontai mon histoire avec une
franchise vraiment candide. Cette
dame me fit répéter les époques qui

intéressaient sa fille, et parut surprise
qu'elle se fût trouvée seule à neuf
heures du soir dans les rues de Paris.
Ma confiance futpayée de retour.
Madame de Plancy m'apprit que, restée veuve de fort bonne heure, elle
n'avait pu se décider à contracter de
nouveaux liens, à cause de sa fille ;
que, malgré la médiocrité de sa fortune, elle n'avait rien épargné pour
lui donner une bonne éducation ; que
sa principale tâche avait été de former son cœur aux vertus, et que jusqu'à présent ses soins avaient fructi-
tifié au-delà de ses espérances ; mais
que depuis l'époque où je disais avoir
vu cette demoiselle pour la première
fois, elle avait remarqué dans son caractère un changement singulier; que
lui supposant le désir naturel de s'é-

tablir, elle lui avait proposé plusieurs partis qu'elle refusa, en objectant de la répugnance pour le mariage; qu'un de leurs parents étant mort à Lyon, l'avait laissée héritière de la maison qu'elles occupaient; qu'un changement de contrée pouvant rendre à sa fille une santé qu'elle voyait tous les jours dépérir, elle s'était décidée à venir prendre possession de cet héritage; mais qu'elle avait été trompée dans son attente, car son état ne faisait qu'empirer; que son évanouissement au spectacle, et enfin la scène du quai, lui avaient donné le mot de l'énigme.

J'écoutais madame de Plancy avec tout l'intérêt de l'amour. Chacune de ses paroles était un trésor que cette aimable femme déposait dans

mon cœur. Je lui demandai la grâce
de voir sa charmante fille. Je crains,
me dit-elle, que cette entrevue ne
lui soit contraire : en rentrant de la
promenade, elle s'est mise au lit. Elle
n'ignore pas que depuis une heure
vous êtes ici, et je crains qu'elle ne
souffre de l'incertitude à laquelle elle
est livrée. Revenez demain dans l'a-
près-midi, je disposerai Adèle à vous
recevoir. --Permettez-moi, Madame,
avant de vous quitter, de vous faire
part de mes intentions. Je ne vous ai
rien caché de ce qui intéressait mes
sentiments. Mes travaux et mon éco-
nomie m'ont acquis une fortune que
je n'ambitionnais pas : permettez-moi
donc de la déposer aux pieds de la
sensible Adèle. A cette fortune, qui
ne me coûte pas de remords, je joins

un cœur plein de son image. Je sais
trop apprécier le caractère de mes
parents, pour ne pas être sûr qu'ils
approuveront mon choix. Madame
de Plancy me fit la réponse la
plus obligeante, et m'exprimant de
nouveau l'inquiétude où elle était de
sa fille, elle me réitéra son invitation pour le lendemain.

Mon émotion était profonde; j'é-
prouvais de voluptueuses sensations;
toutes mes fibres, tous mes muscles
étaient dans un état délicieux d'ébran-
lement; chaque instant m'était une
vive jouissance, parce que le présent
réparait au - delà les angoisses que
l'amour m'avait causées à Paris. Et
puis, j'étais flatté que mademoiselle
de Plancy fût bien née. J'étais heureux encore de la surprise agréable
de mes bons parents.

L'heure la plus désirée de ma vie arriva enfin. Je crois que l'impatience me la fit devancer. Je trouvai la mère et la fille disposées à me recevoir. Madame de Plancy m'accueillit avec la même bonté que la veille. Sa fille s'était levée aussi ; mais un charmant embarras, que la coquetterie chercherait vainement à emprunter de la pudeur, s'empara de toute sa personne. Le léger incarnat qui colorait ses joues, lui rendit presque cette fraîcheur qui m'avait séduit quelques années auparavant. Adèle, encouragée par sa mère, se remit du trouble dans lequel ma présence l'avait jetée, et insensiblement la conversation prit ce ton aisé qui existe entre des personnes qui n'ont pas envie de dissimuler.

Je témoignai le désir d'apprendre de la bouche même d'Adèle les particularités qu'elle seule connaissait. Elle nous dit que le soir où je l'avais rencontrée, elle sortait de chez une parente, d'où elle était revenue seule pour la première fois, parce que cette dame attendait une bonne, qui devait remplacer celle qui l'avait quittée le matin; que je l'avais rencontrée presque à la porte de cette dame; que son embarras fut extrême en me voyant déterminé à l'accompagner; que craignant par conséquent qu'on ne s'aperçût dans son voisinage qu'elle était accompagnée d'un jeune homme, elle avait imaginé l'innocent stratagème du passage Saint-Landri, qui lui était connu, puisqu'elle demeurait dans la rue des Chanoinesses.

Elle avoua en rougissant que depuis ce jour jusqu'à celui où elle
m'avait vu aux Tuileries, je m'étais
quelquefois présenté à sa mémoire ;
que dans le jardin du château, elle
m'avait très-bien reconnu, mais que
la crainte de provoquer mon attention lui avait fait affecter un air de
gaîté qu'elle n'avait pas ; qu'elle m'a-
vait vu aussi lorsqu'elle quitta le jardin ; qu'en montant en voiture, elle
ne doutait pas que j'allais la suivre à
Tivoli ; que tout cela lui avait prouvé
qu'elle ne m'était pas indifférente, et
que sa délicatesse opposant un obs-
tacle à une liaison dont elle n'eût
jamais osé avouer l'origine à sa mère,
elle avait prétexté un mal de tête
pour retourner à la maison ; que depuis lors mes traits ne s'étaient pas

effacés de sa mémoire, quoiqu'elle
ne conservât point l'espérance de me
revoir jamais, surtout depuis qu'elle
avait quitté Paris. Un ennui secret,
ajouta-t-elle, s'empara de moi; et
malgré tous mes efforts, je ne pus
cacher à ma mère mon dégoût pour
la vie. Ma mère mit tout en usage
pour me réveiller de ma léthargie;
mais le mal résistait aux remèdes.
Pour me distraire, encore l'autre jour,
elle m'emmena au spectacle. Nous
étions placées depuis peu de temps,
lorsque je portai la vue sur une loge
où deux femmes entraient. Vous pa-
raissez : sans trop savoir pourquoi,
votre aspect me cause une légère
émotion ; si vous ne m'êtes pas inconnu, le trouble de mes idées ne
me permet pas non plus d'éclaircir

des souvenirs confus. Mais bientôt
je vous reconnais : c'est lui, me dis-
je, et cette jeune dame est son épouse. A cette douloureuse réflexion, je
perds l'usage de mes sens, et vous
savez de la bouche de ma mère la
suite de cette reconnaissance.

Le récit d'Adèle me transporte.
Ivre de bonheur, autorisé par ses
aveux, je tombe aux pieds de sa
mère, et la prie d'accélérer le moment de notre union. La félicité de
ma fille, dit-elle, m'est trop chère,
pour apporter le plus léger retard à
vos désirs: mais il faut l'approbation
de vos parents. — J'en réponds,
m'écriai-je avec enthousiasme, et
sous peu vous l'aurez par écrit.

Le reste de cette journée se passa
en arrangements domestiques. En

unissant mon sort à celui d'Adèle,
mon intention était de lui rendre la
vie agréable, et bien entendu de ne
pas la séparer de sa mère. De mon
côté, je désirais ardemment de me
réunir à mes parents. Je mis sous les
yeux de madame de Plancy l'état de
ma fortune, qui, jointe à celle de sa
fille, nous donnait vingt-deux mille fr.
de rente. Je lui déclarai que mon intention était de donner ma démission,
de ne former qu'une famille des deux,
et de nous réunir tous dans une jolie
propriété que je possédais à Argenteuil, près Paris. Adèle approuvait
mon projet, sa mère m'engageait à
réfléchir avant de quitter mon emploi, et elle finit par m'approuver
aussi. Alors, sa tendre fille baigna
ses mains des larmes de la reconnaissance, et tomba dans ses bras.

Il était près de minuit quand je quittai ces femmes célestes. En rentrant chez moi , je donnai des ordres pour qu'il se tînt un courrier prêt dans deux heures. J'écrivis de suite à mon père pour lui faire part de tout ce qui s'était passé depuis quelques jours , et je le priai de préparer sa maison pour nous recevoir. Je lui annonçai que le même courrier portait ma démission au Gouvernement, parce que je n'éprouvais plus qu'un besoin, celui de vivre avec mon Adèle à côté de sa mère et des auteurs de mes jours.

Mes dépêches achevées, je les remis au courrier. Un doux sommeil me conduisit à dix heures du matin.

Depuis lors, je fus dispensé de suivre l'étiquette pour me présenter

chez madame de Plancy : j'y étais
reçu comme un fils. Pour célébrer
cette époque, je donnai à mon hôtel
une fête magnifique, à laquelle furent
invitées les personnes les plus
distinguées de la ville, et je n'oubliai
pas la famille de Rivière. L'imprudente
demoiselle fut un peu confuse
au moment où je fus la recevoir. Il
y avait quelque audace de sa part à se
présenter dans la société si peu de
temps après sa rupture. L'anecdote
du jour, et cette nouvelle inconséquence,
lui ravirent le peu d'estime
que je lui conservais.

Depuis ma résidence à Lyon, j'avais
donné quelques bals : quoique
dirigés par le goût, ils étaient autant
de témoins de la tranquillité de mon
cœur, puisque aucune héroïne n'en

était l'objet. Cette fois, amant heureux, je devais, jusque dans les moindres jolis riens, récompenser la constance sublime de mon Adèle. Les salles où devait se donner le concert, le repas et le bal, étaient décorées de couronnes de fleurs arrangées avec des chiffres allégoriques. En voyant cette disposition, les femmes chuchotaient à l'oreille les unes des autres, et semblaient chercher sur les traits de chacune d'elles l'heureuse mortelle que l'on fêtait.

Nous étions convenus, madame et mademoiselle de Plancy et moi, qu'elles n'arriveraient que les dernières. La vie sédentaire que ces dames menaient, avait empêché de les faire connaître dans la société. Leur parure simple, et les égards avec les-

quels-je les fis placer, leur attirè-
rent tous les regards, et firent re-
commencer les chuchotements. Kadi
s'entretint pendant quelque temps
avec elles. A peine les eut-il quittées,
que la foule l'entoura pour savoir ce
qu'elles étaient ; et la manière avec
laquelle on agit le reste de la nuit, ne
me prouva que trop que cet ami avait
satisfait l'envie et la curiosité. J'étais
fier du respect que les uns, et de la
bienveillance au moins apparente que
les autres portaient à ma bien-aimée.

Après avoir amplement sacrifié au
plaisir, on se retira au point du jour.
Je fis monter en voiture les dames de
Plancy, et je les reconduisis chez
elles. Je leur demandai si elles avaient
eu un moment d'agrément. Les motifs qui vous ont fait donner cette

fête, répondit la mère, me sont trop
agréables pour n'y avoir pas éprouvé
beaucoup de satisfaction. Néanmoins,
je vous avouerai franchement que
notre caractère nous éloigne des
rassemblements fastueux, d'où l'envie et la jalousie ne désemparent pas:
mais je trouve de vraies jouissances
dans nos petits dîners, où n'étant
point génés, la dissimulation ne nous
oblige pas à prendre le masque. —
Je partage les sentiments de ma mère,
dit Adèle avec vivacité. Quand nous
serons unis, nous rassemblerons quelquefois nos amis, et jamais d'impor-
tuns. Dans plus de soixante personnes que j'ai vues chez vous cette nuit,
je n'en ai distingué qu'une seule :
c'est l'aimable musulman à qui j'ai
tant d'obligations. Je fus charmé

de connaître l'opinion de mon Adèle
touchant Kadi. J'allais lui témoigner
ma reconnaissance, lorsque la voiture arrêta. Madame de Plancy me
dit avec un ton badin, que ne voulant pas m'avoir d'obligation de la
fête dont elle et sa fille avaient été
le sujet, elle me la rendrait le jour
même ; qu'à cet effet elle m'invitait
à dîner, et me priait d'amener mon
ami.

L'heureux événement qui m'avait
tant occupé depuis quelques jours,
ne m'avait pas laissé le loisir de ra-
conter à Kadi la cause tragi-comique
qui m'avait procuré la connaissance
de mademoiselle de Plancy. Remis
des fatigues de la fête, je fus lui porter l'invitation de mes amies, con-
jointement avec mes confessions,

pour satisfaire à l'amitié. Kadi fut
touché de mon récit, et se félicita
d'avoir en quelque chose coopéré à
mon bonheur. Nous nous rendîmes
chez les dames à quatre heures. Le
dîner fut simple, mais bon. Une gaîté
franche régna pendant le repas. Les
anecdotes du carré Saint-Landri et
de Tivoli excitèrent les rires. Mon
Adèle me regardait sans rougir et
sans crainte, et je pouvais m'exprimer ouvertement. Kadi s'enivrait
d'une félicité dont l'image était sous
ses yeux. Adèle se trouvant encore
fatiguée du bal, nous nous retirâ-
mes à huit heures. Elle me dit avec
un sourire charmant : Eh bien, ne
trouvez-vous pas que ma manière de
fêter ne vaille pas bien la vôtre ? —
Pouvez-vous faire une comparaison,

répondis-je en lui serrant la main ?
Hier encore, vous me paraissiez em-
barrassée, aujourd'hui je vous vois
heureuse...... Souvenez - vous que
désormais je n'aurai que vous pour
directeur. — Mademoiselle vaudra
bien le père Laurent, dit le bon Kadi.
On rit beaucoup, et nous nous séparâmes.

Deux jours après, le courrier que
j'avais envoyé à Paris, revint. Le Gouvernement acceptait ma démission ;
et me donnait avis que sous six jours
arrivait mon remplaçant. La lettre de
mon père contenait l'approbation de
tous mes désirs. Il s'étendait beaucoup sur la joie qu'avait exprimée
ma mère, en apprenant que j'allais
épouser une femme aussi estimable.
Elle attendait impatiemment l'instant

où elle devait connaître madame de
Plancy, avec qui elle présumait devoir très-bien sympathiser. La bonne
Cécile me complimentait sur mon
heureuse rencontre, en m'assurant
qu'elle désirait vivement connaître
la personne qu'elle avait accusée dans
le temps d'être l'auteur de ma disgrâce. Mon père terminait en me faisant pressentir le plaisir que lui pro-
curerait notre réunion générale, en
m'assurant enfin de l'activité avec
laquelle il allait tout préparer pour
nous recevoir.

Je courus chez madame de Plancy
pour lui faire part de ces nouvelles.
La mère et la fille partagèrent ma
joie, et nous nous entretînmes de
suite des dispositions du départ. Il
fut décidé que madame de Plancy

vendrait la maison qu'elle possédait
à Lyon, et qu'avec son produit nous
ajouterions une belle ferme à ma propriété d'Argenteuil. Je mis la dernière diligence à régler mes affaires.
Je réformai toute ma maison, à l'exception des deux plus anciens domestiques. J'obtins de Kadi qu'il fût
du voyage, afin d'assister à la céré-
monie de mon mariage. Nous partî-
mes donc tous quatre, suivis de nos
domestiques, dans une berline de
voyage conduite par des chevaux de
poste, parce que notre impatience
n'aurait pu supporter la lenteur des
miens. Notre route fut heureuse.
Quinze jours après avoir reçu la réponse de mon père, nous arrivâmes
à Argenteuil. Je donnai, dans les bras
de mes chers parents, l'essor aux

plus doux sentiments. Ma mère avait
très-bien présumé de sa liaison avec
madame de Plancy : elles devinrent
des modèles d'amitié. Cécile reçut
tous les témoignages d'estime qu'elle
méritait. Elle s'attacha particulièrement à Adèle, qui lui accorda une
bienveillance qui la dédommagea de
la perte de madame d'Alban. Mon
père fut très-flatté de connaître Kadi,
qui accepta son amitié. Jamais société
ne s'était trouvée mieux composée.

Le jour tant désiré arriva pourtant,
où deux destins fortunés furent liés
à l'autel de l'hymen. Mon père s'é-
tait acquis l'estime des habitants de
la commune, et une partie de ces
bonnes gens fut invitée à la noce.
Nous étions dans cette belle saison
où Flore vient humilier l'art en déco-

rant nos champs : pour rendre hommage à la divinité du printemps, nous célébrâmes la fête sur la pelouse et sous l'ombrage. Le soir tout le jardin fut illuminé; les paysans eurent la liberté de danser sur le grand tapis de verdure, qui se trouve au milieu de l'allée des marronniers.

Quatre jours après mon union avec Adèle, Kadi repartit pour Constantinople ; mais il ne nous quitta qu'après s'être engagé de revenir à Argenteuil toutes les fois qu'il viendrait en France.

Peu de temps après mon mariage, Adèle m'annonce qu'elle est mère, c'est-à-dire que ses vœux et les miens étaient comblés. S'il m'avait été possible de l'aimer davantage, aucun humain n'eût aimé plus que moi.

L'évidence de la grossesse est une fête pour toute la maison. Mon respectable père et madame de Plancy se proposent de nommer le nouveau né. Je craignais que la santé de ma femme ne lui permît pas de nourrir son enfant; mais sa mère se joignit à elle pour me tranquilliser. Vint ensuite le jour où mon Adèle vit l'accomplissement de tous ses désirs. L'enfantement avait été des plus heureux... Tout semblait donc se réunir pour consolider mon bonheur. Je ne voyais plus dans l'avenir qu'un tissu de félicités. Vaine présomption! Que de pleurs ont suivi ces heures fortunées !...

Le sort, en me privant un an après de la meilleure des femmes, semblait n'avoir adouci ses coups, en me lais-

sant l'image d'une épouse adorée dans
dans le gage de notre amour, que pour
mieux me rappeler tous les charmes
de la mère. O regrets! cette mère que
sa fille ne devait jamais presser dans
ses bras, cette compagne adorée, à
peine avait-elle vingt-six ans, quand
je la vis descendre au tombeau.

Il fallut donner une nourrice à ma
Sophie. Madame de Plancy fut in-
consolable de la mort prématurée
de sa fille. Mon père et ma mère
dévoraient leurs peines. La bonne
Cécile mettait tout en usage pour
nous distraire. Mon enfant, par ses
caresses, avait seul le don de sus-
pendre nos maux.

La santé de madame de Plancy
dépérissait de jour en jour, et notre
crainte de la perdre aussi n'était que

trop fondée. Quinze mois après la mort de ma femme, j'eus la douleur de recevoir le dernier soupir de cette excellente mère. Hélas! le deuil de ma triste maison n'avait pas atteint son terme. Dans les quatre années qui suivirent la mort de madame de Plancy, je vis expirer mon père, ma mère et Cécile. Anéanti par tant de coups, je fus long-temps à recouvrer une partie de l'énergie que le malheur m'avait ravie. Ce fut la nécessité de conserver un père à ma fille qui me rendit à moi-même; et les soins que je donnai à son éducation achevèrent l'œuvre de l'amour paternel. Ma Sophie, avec le temps, me dédommagea en partie de tant d'infortunes, en m'offrant le rare assemblage des vertus, des qualités et des grâces dont j'eus quelque temps sous les yeux le tableau si touchant dans ma famille.

Voilà le récit qu'on a sollicité de moi. Il n'aura d'autre intérêt, sans doute, que celui qu'y attachera l'indulgence.

Chacun s'empressa de remercier M. Jules, et de lui exprimer le plaisir que l'on avait eu à l'entendre.

Le lendemain, dans la matinée, nous aperçûmes les remparts d'Avignon : à cet aspect, mon cœur tressaillit. Enfin, me dis-je, je vais donc me réfugier dans le sein de l'amitié, mais exilé pour ainsi dire de ma patrie, éloigné de ma famille !

J'avais prévenu mon ami du jour de mon arrivée, et je le trouvai qui m'attendait sur le port.

Depuis dix ans je ne l'avais point vu. Je fus douloureusement affecté du changement que je remarquai dans ses traits ; je pris son bras, et nous gagnâmes ensemble la maison.

CHAPITRE III.

Evénements malheureux.

Lorsque j'étais venu passer les beaux jours de la saison chez M. Durand, sa société, quoique peu nombreuse, était très-bien composée.

J'avais été plusieurs fois admis à ces petites fêtes de société, que la gaîté naïve qui caractérise les habitants de la Provence rendait très-agréables. Je fus donc surpris de voir mon ami mener une vie extrêmement solitaire, et ne recevoir aucune espèce de visites. Je lui demandai des nouvelles de différentes personnes que j'avais vues fréquenter sa maison avec assiduité. A mes questions, un sentiment pénible oppres-

sait son cœur, et d'une voix mal assurée il me répondit :

Hélas ! les unes n'existent plus ;
et les autres, frappées par le malheur, mènent une vie très-retirée.
Je vis qu'il y aurait de l'indiscrétion
à pousser mes questions plus avant,
et je me promis d'être à l'avenir très-
circonspect sur ce sujet.

Nous lisions tous les jours les papiers-nouvelles, et peu de temps
après mon arrivée à Avignon, nous
apprîmes les nouveaux changements
qui venaient de s'opérer dans le Gouvernement. Je recevais souvent des
nouvelles de ma femme, à qui notre
séparation devenait chaque jour plus
pénible ; mais plus que jamais elle
était nécessaire. Le seul agrément
que je me procurais, était de lon-

gues promenades que je faisais dans
les environs d'Avignon. M. Durand
m'y accompagnait souvent. Dans une
de ces belles après-midi d'automne,
nous nous étions plus éloignés de la
ville qu'à l'ordinaire. Sur les six
heures un orage épouvantable fondit
sur nous ; les vents et la grande quan-
tité d'eau qui tombait, arrêtaient à
chaque instant notre marche. Obli-
gés de faire un grand détour afin de
trouver un abri, nous préférâmes de
gagner Avignon. Au détour d'un petit bois, des cris plaintifs frappent
nos oreilles ; nous oublions que nous
étions trempés, et nous portons nos
pas du côté d'où ces cris partaient.
Dieu ! quel tableau s'offre à nos
regards ! Deux jeunes gens couchés
sur la terre se tenaient étroitement

embrassés; l'un d'eux paraissait privé
de la vie, l'autre était en proie au
plus violent désespoir. M.Durand lui
adresse quelques questions, mais ce
malheureux paraît y être sourd. Mon
ami et moi, nous cherchons à le séparer du corps qu'il tenait embrassé,
afin de nous assurer s'il était réelle-
ment privé de la vie, et sa mort nous
parut certaine. Notre embarras était
extrême ; l'humanité nous défendait
d'abandonner ces malheureux. M.
Durand me dit : Mon ami, nous ne
connaissons point ces étrangers, mais
comme hommes, nous leur devons
nos secours. La soirée est avancée,
l'orage ne cesse pas, nous ignorons
la demeure de ces infortunés, et il
est impossible de les laisser dans la
position où ils se trouvent. Faites-

moi donc le plaisir d'aller au prochain village, prier quelques paysans de venir nous aider à les transporter jusque chez .... — Chez vous, lui dis-je ? mais nous ne les connaissons pas ...; n'y aurait-il pas de l'imprudence? — Allez, me dit mon sensible ami, une bonne action en prend souvent le masque, et l'humanité nous défend d'abandonner ces malheureux. Je courus exécuter les ordres de mon ami, et ne tardai pas à revenir, accompagné de trois paysans qui s'étaient munis d'un brancard, pour y placer celui que nous supposions privé de la vie. M. Durand et moi nous prîmes l'autre par le bras : ce triste cortége arriva assez tard à la maison du généreux Durand.

Notre premier soin fut d'envoyer chercher un médecin, pour nous assurer de l'état du mort, et porter des secours à celui dont le désespoir devenait de plus en plus alarmant. Le médecin nous assura qu'un coup de tonnerre ayant frappé le malheureux, il n'y avait plus aucun espoir. Nous le priâmes de réunir ses soins sur celui qui n'exprimait plus que des mouvements convulsifs ; il nous dit que l'infortuné était saisi d'une fièvre violente qui ne lui permettait pas de répondre de ses jours. On le fit mettre au lit ; à peine y fut-il, qu'un délire effrayant s'empara de ses sens ; tout ce qu'on put distinguer dans les mots entrecoupés qu'il prononçait, ce fut la tendre amitié qui l'unissait à Auguste, nom qu'il répé-

tait souvent, et que nous supposâ-
mes être celui de la victime. Vers
minuit, la fièvre était à son comble ;
le moribond prononçait les noms
de père, de sœur, et les plus tendres
exclamations de l'amitié : au point
du jour la fièvre se calma, et le
malheureux s'éteignit avec cette tranquillité qui est ordinairement le partage du sage. La position du sensible
Durand était fort critique ; ces deux
inconnus devaient nécessairement lui
causer le plus grand embarras : on
chercha si on ne retrouverait pas des
papiers qui pussent indiquer qui ils
étaient. En effet, quelques lettres
nous apprirent qu'ils étaient les fils
de deux riches négociants de la capitale ; qu'une étroite amitié les liait,
et qu'ils voyageaient dans ce pays

pour leur agrément. Mon ami leur fit
rendre les dernier devoirs, et manda
de suite à leurs parents leur fin dé-
plorable.

Nous ne tardâmes pas à recevoir
leur réponse. Le plus violent chagrin
l'avait dictée, et les plus tendres
remercîments y étaient adressés à
mon ami. Cette malheureuse aventure apporta pour quelque temps un
changement dans notre triste solitude,
et nous fit faire des réflexions mélan-
coliques sur l'amitié qui liait ces
jeunes gens. La leur était bien pure,
me dit M. Durand en poussant
un soupir, et l'on ne trouvera pas
souvent dans le monde de pareils
exemples. Rien n'aurait désuni ces
deux mortels qui eussent toujours
partagé d'un sort égal, et la fortune
et la misère.

Aujourd'hui, à la fleur de leur âge,
le tombeau les rassemble : il réunit
peut-être des vertus qui n'eussent
paru que dérisoires dans le tourbil-
lon du monde. Monsieur Durand
prononça ces derniers mots en rete-
nant un soupir ; il posa sa tête dans
ses mains , et je m'aperçus que des
larmes mouillaient sa paupière. Je
doutai moins que jamais que mon
ami ne fût dévoré par un chagrin
secret. La véritable amitié est dis-
crète , je respectai son silence à cet
égard ; mais afin de le tirer de la
tristesse où je le voyais plongé ,
je lui proposai une promenade
qu'il accepta ; et je vis avec plaisir
que l'aspect de la nature dissipait
un peu sa mélancolie.

CHAPITRE IV.

Espoir trompé.

LE premier mois de mil huit cent quinze était arrivé depuis que je partageais l'asile solitaire de mon ami. Je l'ai déjà dit: je recevais fréquemment des nouvelles de ma famille ; les lettres de ma femme me disaient la vérité sur l'état des choses; vérité qui m'était d'autant plus utile, qu'elle était encore, pour ainsi dire, bannie de nos feuilles publiques. Les lettres que recevait de Paris M. Durand étaient peu faites pour me consoler, quoiqu'elles m'annonçassent la fin prochaine de mon exil.

Le 2 mars, dans la matinée, une rumeur générale se fit remarquer dans la ville, et la nouvelle la plus extraordinaire et la moins attendue nous fut rapportée par le domestique que nous avions envoyé s'informer du sujet de ce trouble. Je l'avoue ; dans mon intérêt je fis des vœux sincères pour la réussite de l'entreprise du téméraire que je ne pouvais m'empêcher de blâmer de s'exposer avec si peu de monde : j'étais bien excusable, puisque de son triomphe allait dépendre ma liberté. Je fus moi-même courir la ville, et je vis avec une peine extrême ces habitants, qui, jusqu'à ce moment, m'avaient représenté l'image de la concorde et de la paix, ne plus m'offrir qu'une désunion ef-

frayante. Quelques jours se passèrent dans l'agitation la plus inquié-
tante. Les troupes françaises prirent
possession de la ville, et opposèrent
un frein à ceux qui s'étaient montrés
les défenseurs de la cocarde blanche.
Dès ce moment, le drapeau trico-
lore flotta sur tous les édifices. Si
j'eusse suivi mon idée, dès l'instant
même je me serais réuni à la troupe;
mais la prudence de M. Durand me
montra les doutes qu'il y avait dans
le succès d'un débarquement aussi
prompt. Attendez, me dit-il, attendez, qu'il soit assis de nouveau
sur le trône dont les événements
l'ont quelque temps éloigné : alors
seulement vous pourrez paraître avec
sécurité.

La joie d'une partie des habitants,

unie à celle des troupes qui ne ces-
saient d'exécuter sur leurs instru-
ments les airs le plus faits pour exal-
ter l'esprit du peuple, nous offrait Avignon dans une fête toujours nouvelle.
Un détachement resta dans la ville,
et le reste courut à la hâte vers la
capitale. La proclamation qu'il publia
à Lyon nous combla d'espérances;
et nous ne doutions plus, qu'instruit
par l'expérience et le malheur, il
n'évitât les fautes qui l'avaient con-
duit à sa perte.

Personne n'ignore avec quelle
promptitude il gagna Paris, et la
manière dont il y fut reçu. Les lettres réitérées de ma femme m'invi-
taient à un prochain retour ; déjà
plusieurs fois mon départ avait été
préparé, mais la prudente amitié,

avait toujours prévu quelque obsta-
cle à son exécution.

Les temps étaient bien différents !
ce n'était plus avec une molle né-
gligence que l'on rompait l'enveloppe des journaux : les courriers
étaient attendus avec impatience,
et la feuille parcourue avec une curiosité qui contrastait plaisamment
avec la tranquillité des semaines pré-
cédentes. Vers les derniers jours de
mai, j'attendais avec impatience l'arrivée du *Moniteur*.

Un domestique me le remet, et
je cours de suite à l'appartement de
mon ami, pour en faire la lecture.
Ciel ! qu'y vîmes-nous ! un acte ad-
ditionnel que le despotisme et l'inep-
tie avaient dicté, et qui détruisait entièrement les espérances qu'on avait

163

fait naître dans ses proclamations.

Bonaparte est perdu, s'écria M. Durand, et il entraîne la France dans sa chute. Hélas, qu'elle est cruelle la transition qui nous porte de l'espérance à la crainte ! Le raisonnement de mon ami me parut si juste, que je ne sus que lui répondre. Beaucoup plus expérimenté que moi, il me prédit, à très-peu de chose près, le sort qui menaçait la France. Il ne manqua pas non plus de me faire valoir les obstacles qu'il avait mis à mon départ. Chaque jour diminuait donc nos espérances ; l'extérieur des royalistes, qui levaient la tête avec une sorte d'impudence, semblait nous annoncer leur triomphe prochain, et notre perte inévitable.

FIN DU PREMIER VOLUME.

TABLE DES CHAPITRES

CONTENUS DANS CE VOLUME.

———

Pages.

CHAP. Ier. *La France d'alors.* —
Inquiétudes. — *Voyage.*   1

CHAP. II. *Histoire de Monsieur
Jules.*   11

CHAP. III. *Evénements malheu-
reux.* 149

CHAP. IV. *Espoir trompé.* 158

———

nême, je crois, M. Charpentier, n'en savons

e ne vous parle presque point, comme vous
ez, de notre chagrin sur la chanoinie, parce-
vos lettres m'ont rassuré, et que d'ailleurs il
a point de chagrin qui tienne contre le bon-
que vous me faites espérer de vous revoir
tôt ici de retour. Adieu, mon cher monsieur.
ez-moi toujours, et croyez qu'il n'y a personne
vous honore et vous révère plus que moi.

LETTRE XXXIX.

AU MÊME.

Paris, jeudi au soir 169..

e saurois, mon cher monsieur, vous

les hommes : mais quand je vous ai mandé de n'a-
voir point de commerce avec les fornicateurs, *non
commisceri*, j'ai entendu parler de ceux qui se pour-
roient trouver parmi les fidèles ; et non seulement
avec les fornicateurs, mais encore avec les avares
et les usurpateurs du bien d'autrui, etc. Il en est
de même du mot *cognoscere*, qui se trouve dans
ces deux sens en mille endroits de l'Écriture.

Encore un coup, je me passerois de la fausse
érudition de Tussanus ; qui est trop clairement
démentie par l'endroit des servantes de Pénélope.
M. Perrault ne peut-il avoir quelque ami grec qui
lui fournisse des mémoires ?

LETTRE XLIII.

A BOILEAU.

www.ingramcontent.com/pod-product-compliance
Lightning Source LLC
Chambersburg PA
CBHW070910030726
47504CB00005B/1524